서쪽에서 해 뜨는 마을의 비밀

서쪽에서 해 뜨는 마을의 비밀

초판 1쇄 인쇄	2014년 05월 07일
초판 1쇄 발행	2014년 05월 14일

지은이	이희문
펴낸이	손형국
편집인	선일영
편 집	이소현 이윤채 조민수
디자인	이현수 신혜림 김루리
제 작	박기성 황동현 구성우
마케팅	김회란
펴낸곳	(주)북랩
출판등록	2004. 12. 1(제2012-000051호)
주소	153-786 서울시 금천구 가산디지털 1로 168, 우림라이온스밸리 B동 B113, 114호
홈페이지	www.book.co.kr
전화번호	(02)2026-5777
팩스	(02)2026-5747
ISBN	979-11-5585-221-7 03810(종이책)
	979-11-5585-222-4 05810(전자책)

이 도서의 국립중앙도서관 출판시도서목록(CIP)은 서지정보유통지원시스템 홈페이지(http://seoji.nl.go.kr)와 국가자료공동목록시스템(http://www.nl.go.kr/kolisnet)에서 이용하실 수 있습니다.
(CIP제어번호: 2014014672)

서쪽에서
해 뜨는
마을의 비밀

이희문 지음

book Lab

목 차

서쪽에서
해 뜨는 마을의 비밀

1

자욱한 안개 속에서 할아버지는 바쁘게 움직이고 있었다. 음식을 담은 바구니들을 차에 실었고 삽과 괭이 그리고 까만 여행 가방을 차에 실었다. 예쁜 꽃바구니는 앞자리에 실었다. 이것저것 모두 싣고 난 할아버지는 졸졸 따라다니고 있는 흰둥이들을 쓰다듬어주고 나서 차에 올라탔다. 차에 오른 할아버지는 시동을 걸고 번쩍거리는 등을 켠 후 나머지 등들도 모두 켰다.

권율 장군이 왜군들과 전투를 하던 독산성 세마대에서 구름처럼 흘러내려 오고 있는 안개는 할아버지의 하얀 갤로퍼 지프차가 있는 마당을 덮고 있었다. 할머니가 사랑이와 초코를 안고 차에 탔다. 그러자 할아버지는 번쩍거리며 움직이기 시작했다

"안개가 걷히면 갈 걸 그랬나 봐요."

할머니가 말했다.

"괜찮아요, 냇갈만 지나면."

용주사뒷산에서 흘러내려 오고 있는 개천은 보이는 것이 없을 뿐만 아니라 앞을 막고 있었다. 그렇지만 할아버지는 번쩍거리며 가고 있었

다. 그런가하면 차에 바짝 붙어서 따라오고 있는 흰둥이들을 거울로 보면서 천천히 앞으로 가고 있었다. 할아버지는 앞을 보다가 따라오고 있는 흰둥이들을 보다가 하면서 사도세자 능선에서 흘러내려 오고 있는 두 번째 개울을 지났다.

할아버지는 차를 멈췄다. 그리고 밖으로 나갔다. 밖으로 나간 할아버지는 흰둥이들을 쓰다듬기 시작했다. 눈덩이처럼 하얀 흰둥이들을 쓰다듬으며 할아버지는 말했다.

"이제 집에 가야 해. 할아버지 멀리 가는 거야. 아주 멀리 가. 할아버지, 갔다가 일찍 올게. 이제 집으로들 가거라."

할아버지는 축축이 젖은 흰둥이들을 다독이고 쓰다듬으면서 말했다.

"더 따라오면 안 돼. 이제 집으로 가거라. 할아버지 멀리 갔다가 와야 해. 알았지? 어서 가."

할아버지는 몇 번이고 흰둥이들을 쓰다듬어 주면서 말했다. 그러고 나서 차에 올라탔다. 흰둥이들은 차에 오른 할아버지를 향해서 짖어대기 시작했다. 할아버지는 지저대고 있는 흰둥이들을 쳐다보면서 '빵' 하고 경적 소리를 울렸다. 이제 더는 따라오지 말고 집으로 가라고 경적을 울렸다. 경적 소리가 멎으면서 할아버지는 움직이기 시작했다.

그렇지만 흰둥이들은 따라오고 있었다. 할아버지는 따라오고 있는 흰둥이들을 보면서 짙은 안개 속을 가고 있었다. 그러다가 툭 불거진 산모퉁이를 지날 무렵 할아버지는 차를 멈췄다. 흰둥이들이 거울 속에서 사라졌기 때문에 할아버지는 창밖으로 고개를 내밀고 뒤를 돌아다보았다.

흰둥이들은 저만치 안개 속에 서서 더 이상 따라오지 않고 할아버지를 쳐다보고 있었다. 할아버지를 쳐다보고 있던 흰둥이들은 오던 길로 돌아가고 있었다. 할아버지는 안개 속으로 사라지고 있는 흰둥이들을 쳐다보면서 흰둥이들이 안보일 때까지 멈춰 있었다.

툭 불거진 산을 지나면서 자욱하기만 하던 안개가 옅어지면서 할아버지는 벼 이삭이 누렇게 드러나고 있는 들판 길을 달리기 시작했다. 아침 햇살이 싱그러운 들판에는 아스팔트가 새까맣게 줄을 긋고 뻗어갔다 새까만 아스팔트는 단풍이 아름다운 산속으로 파고들어 가면서 감들이 주렁주렁 매달린 마을을 향하고 있었다. 할아버지는 달렸다. 까만 아스팔트 위에서 흰 돛대를 펄럭이는 요트처럼 미끄러지며 흐드러지게 피어 있는 코스모스 속으로 푹 파묻혀 달려가고 있었다.

끝없이 이어지는 까만 아스팔트 길을 달리면서 할아버지는 옆자리에 놓여 있는 꽃바구니에 손을 얹었다. 마당에 피어 있는 꽃들을 모두 꺾어 소복이담은 꽃바구니를 할아버지는 쓰다듬었다. 꽃바구니를 쓰다듬으면서 할아버지는 입술을 지그시 깨물었다. 입술을 지그시 깨물고 달리면서 할아버지는 낙엽이 뒹굴고 있는 높은 산 수덕사 일주문을 지나 사람들이 와글거리는 시골 장터를 지났다. 그리고 푸른 물이 흐르고 있는 냇가에 이르자 양지바른 산 아래에서 차를 멈췄다.

"다 왔네요."

할머니가 말했다.

"그래요, 다 왔어요."

할아버지는 탁하게 가라앉은 목소리로 말했다. 그러면서 할아버지는 꽃바구니를 물끄러미 쳐다보고 있었다. 한참 동안 꽃바구니를 보고 있던 할아버지는 문을 열고 밖으로 나갔다. 그리고 햇볕이 내리쬐고 있는 산을 바라봤다. 흰 구름이 가득한 푸른 하늘에 솟아있는 산을 바라보고 있었다. 할머니도 차에서 내리며 할아버지 옆에서 산을 바라보고 있었다. 할아버지는 사랑이와 초코를 차에서 내려놓았다. 그런 다음 차에 실려 있는 삽과 괭이 그리고 까만 가방을 꺼냈다.

할아버지는 까만 가방을 들고 삽과 괭이를 어깨에 메고 산으로 오르기 시작했다. 사랑이와 초코 할머니도 양손에 음식이 들어 있는 바구니를 들고 올라가기 시작했다. 한참 동안 올라가던 할아버지는 어느 묘지에 이르자 걸음을 멈췄다. 그리고 어깨에 메고 있던 삽과 괭이 가방을 내려놓았다.

숨을 몰아쉬며 뒤따라오던 할머니도 양손에 들려 있는 음식 바구니를 내려놓았다. 묘지를 보고 있던 할아버지는 다시 내려가기 시작했다. 그리고 차에 도착한 할아버지는 꽃바구니를 집어 들었다. 할아버지는 꽃바구니를 가슴에 안고 한참 동안 얼굴을 대고 있었다. 그러다가 묘지를 향해 오르기 시작했다. 할아버지는 꽃바구니를 가슴에 안고 비탈지고 꼬부라지고 미끄러운 산길을 올라갔다. 묘지에서는 할머니가 제상을 차려놓고 있었다. 할아버지는 꽃바구니를 내려놓고 제상 앞에서 무릎을 꿇었다. 무릎을 꿇은 할아버지는 할머니와 절을 하기 시작했다.

묘지에 절을 하던 할아버지가 말했다.

"집에서 저희와 함께 살던 킴슨이입니다. 귀여운 개입니다. 귀여워해 주십시오. 여기에 묻으려 합니다."

할아버지는 말을 마치고 다시 한 번 절을 했다. 그러고 나서 할아버지는 땅을 파기 시작했다. 까만 가방이 들어갈 수 있도록 땅을 팠다.

땅을 다 파고 난 할아버지는 가방을 땅속에 넣었다. 그리고 뚜껑을 열었다. 뚜껑을 열고 난 할아버지는 꽃바구니를 들어 가슴에 안았다.

할아버지는 장미꽃이 소복한 꽃바구니를 안고 한참 동안 가만히 있었다. 한참 동안 가만히 있던 할아버지는 꽃바구니를 내려놓고 꽃들을 집어 옆에 놓기 시작했다. 빨간 장미를 집어 옆에 놓고 노란 장미를 집어 옆에 놓고 꽃바구니에 소복하던 꽃들을 모두 집어 옆에 놓았다. 그러고 나서 보자기를 벗겼다. 핑크빛 보자기 속에서는 킴슨이가 누워 있었다. 할아버지는 누워 있는 킴슨이를 두 손으로 들어 가슴에 안았다. 할아버지는 차디찬 킴슨이가 가여워서 쓰다듬으며 얼굴을 대고 있었다. 이제 킴슨이를 가방 안에 넣으면 다시는 안아 줄 수 없고 볼 수 없어서 할아버지는 킴슨이를 가슴에 안고 있었다.

"이제 고만 묻어 주세요."

할머니가 말했다.

그래도 할아버지는 킴슨이를 안고 있었다. 킴슨이를 땅에 묻어야 한다는 것이 너무나 안타깝기만 해서 할아버지는 킴슨이를 안고 가만히 있었다. 가만히 서 있는 할아버지를 쳐다보던 할머니가 킴슨이를 쓰다듬었다. 킴슨이가 살아 있을 때처럼 쓰다듬었다. 할머니도 이제는 킴슨이를 다시 볼 수 없다는 것을 알고 있기 때문에 가여워서 쓰다듬고 있었다.

할아버지는 사랑이와 초코를 불렀다. 그리고 킴슨이를 보여주면서 말했다.

"인사하거라. 이제 킴슨이는 우리와 마지막이란다."

사랑이와 초코와 작별을 끝으로 할아버지는 킴슨이를 가방 안에 눕

했다. 그리고 킴슨이 몸 위에 그동안 입었던 셔츠와 수건을 덮었다. 할아버지 냄새가 배어 있는 셔츠와 수건을 킴슨이 몸에 덮었다. 할아버지는 셔츠와 수건 속에 들어 있는 킴슨이를 다독였다. 킴슨이가 가여워도 어쩔 수 없이 묻어야만 하기 때문에 할아버지는 다독이기만 했다. 그리고 할아버지는 킴슨이가 살았을 때 덮고 있던 킴슨이 이불을 덮었다. 그리고 또 그 이불을 다독였다. 이불을 다독이면서 할아버지는 국화꽃을 집어 이불 위에 올려놓았다. 한 송이, 두 송이, 국화꽃을 모두 킴슨이 위에 올려놓았다.

국화꽃을 모두 올려놓은 할아버지는 가방 뚜껑을 덮었다. 가방 뚜껑을 덮고 보고 있던 할아버지는 다시 뚜껑을 열어 놓고 있었다. 푸른 하늘의 태양 빛을 킴슨이에게 한 번이라도 더 비추게 하려고 할아버지는 뚜껑을 열어 놓았다. 할아버지는 굳은 듯이 서서 킴슨이를 아주 먼 곳으로 보내고 있었다.

할아버지는 삽을 들었다. 삽을 움켜쥔 할아버지는 흙을 파서 킴슨이가 들어 있는 까만 가방 위에 얹기 시작했다. 한 삽 얹고 또 한 삽 얹고 킴슨이가 들어 있는 가방을 덮었다. 할아버지는 가여운 킴슨이를 흙에 묻었다. 킴슨이를 흙에 묻은 할아버지는 할머니와 사랑이 그리고 초코와 함께 킴슨이 무덤을 내려다보고 있었다.

서쪽에서
해 뜬 마을의 비밀
2

킴 슨이와 작별하던 가을이 가고 눈 내리던 겨울도 가고 나서 할아버지에게 봄이 찾아왔다. 봄이 오면서 할아버지에게는 이상한 일들이 벌어지기 시작했다.

"이봐! 아우, 나 좀 봐!"

문밖에서 요란한 고함소리가 태풍처럼 휘몰아 들어오고 있었다. 흰둥이들이 아우성을 치며 짖어대고 있는 속에서 요란하게 고함을 치던 사람이 있었다. 코가 뾰족하고 입이 뾰족한 롬멜 장군처럼 생긴 할아버지가 기다란 막대기를 들고 눈을 부라리며 서 있었다.

할아버지는 지금처럼 고함을 지르며 찾아오는 사람이 있을 때는 틀림없이 사고가 나도 큰 사고가 일어났을 때이기에 가슴이 철렁하고 온몸이 옥사해졌다. 할아버지는 엉거주춤하면서 고함을 쳐대는 사람 앞으로 갔다. 할아버지가 가까이 가자 고함을 치던 사람은 코가 뾰족하고 입이 뾰족한 얼굴을 벌름거리며 다시 소리쳤다.

"배추밭 망쳐났어. 와 봐!"

"……."

할아버지는 아무 소리도 하지 못했다. 가슴이 철렁하고 온몸이 오싹해서 대답을 할 수 없었다. 대답도 못 하고 할아버지는 질질 신발을 끌면서 코가 뾰족하고 입이 뾰족하고 롬멜 장군처럼 생긴 할아버지 뒤를 따라가기만 했다. 보나 마나 틀림없이 흰둥이들이 고양이를 쫓아다니다가 배추밭을 망쳐놓았을 것이 뻔하므로 따라가고 싶은 생각이 없었다. 그렇지만 따라가지 않았다가는 무슨 난리가 날 줄 모르는 일이어서 할아버지는 따라가고 있었다.

고양이만 보면 쫓아가는 흰둥이들은 무엇이 말썽인지 모른다. 밭인지 논인지 남의 집인지도 모른다. 고양이만 보았다 하면 그 순간 벼락이 떨어진다. 장독도 깨뜨리고 도망친다.

그러니 지금 배추밭이야 말하나 마나 보나 마나가 아니겠는가. 할아버지는 기가 죽어서 축 늘어지고 있었다.

그럼 왜 할아버지는 이 난리를 겪으면서 흰둥이들을 매어 놓거나 가두지 않는 걸까. 거기엔 이유가 있다. 흰둥이들이 친구이기 때문이다. 그리고 무엇보다도 자연스럽게 뛰어노는 모습이 좋아서다 그런 탓에 할아버지는 지금처럼 혼쭐이 나면서도 흰둥이들을 풀어놓고 있다.

그럼 할아버지는 흰둥이들만 좋아하는가. 아니다. 좋아하는 게 많다. 새벽이면 날 밝히는 닭들과 투우사처럼 날개와 꽁지를 활짝 펼치고 있는 칠면조. 그뿐만이 아니다. 마당에는 나무들도 많다. 콩나물시루처럼 달박달박하게 심어놓은 나무들

"자 봐!"

코가 뾰족하고 입이 뾰족한 롬멜 장군처럼 생긴 할아버지는 긴 나무때기를 들고 흔들면서 배추밭을 보라고 소리를 질러대고 있다.

"어쩔 거야?"

할아버지는 어깨를 축 늘어트리고 아무 소리도 못 하고 서 있었다. 그러자 코가 뾰족하고 입이 뾰족한 롬멜 장군처럼 생긴 할아버지는 긴 나무때기를 계속해서 휘둘러대며 목청껏 소리소리 질러댔다. 할아버지는 어쩔 수 없이 목구멍으로 기어들어가는 소리로 말했다.

"저희 배추로 대신 옮겨 심어 드릴게요."

"이 사람아, 뭘 대신 심어? 그런다고 돼? 저놈의 개들을 어떻게 해야지. 저놈의 개들 때문에 이 지경 아냐. 봐봐. 눈으로 보라고."

"죄송합니다."

"죄송하면 다야?"

코가 뾰족하고 입이 뾰족한 롬멜 장군처럼 생긴 할아버지는 목청껏 소리를 버럭버럭 질러댔다. 할아버지는 축 늘어져서 엉망이 된 배추밭을 쳐다보고 있었다.

"내 말대로 저 개들 없앤 다음에 배추를 옮겨 심든지 말든지 해. 더는 내가 참나 봐."

코가 뾰족하고 입이 뾰족한 롬멜 장군처럼 생긴 할아버지는 화가 나는 대로 떠들어 댔다. 그러다가 갑자기 홱 돌아서더니 가고 있었다. 할아버지는 식은땀이 흐르는 등줄기를 손등으로 두드리며 이러지도 저러지도 못하고 서 있었다. 할아버지가 서 있는 것을 멀리서 보고 있던 할머니가 곁에 와서 배추밭을 물끄러미 보고 서 있었다.

봄이 되면서 씨를 뿌려 정성스럽게 가꾼 배추를 흰둥이들이 망쳐 놓았으니 누군들 화가 안 나겠는가. 코가 뾰족하고 입이 뾰족한 롬멜 장군처럼 생긴 할아버지가 소리만 지르고 간 것만 해도 다행이다. 할아버지와 할머니는 못 쓰게 된 배추밭을 쳐다만 보고 있었다.

"우리 배추를 뽑아다가 심어준다고 했어요. 하는 수 없지."

할아버지는 가라앉은 목소리로 말했다.

집으로 돌아온 할아버지는 삽으로 배추를 푹 파서 그릇에 담아 옮겨 심기 시작했다. 못 쓰게 된 배추는 할아버지네 밭에 심고 할아버지네 배추는 모두 가져다가 코가 뾰족하고 입이 뾰족한 롬멜 장군처럼 생긴 할아버지네 밭에 심었다. 할아버지가 배추를 심으면 할머니가 물을 주고 땀을 뻘뻘 흘리면서 배추를 모두 옮겨 심었다.

배추를 모두 옮겨 심고 그늘에 앉아 있는데 코가 뾰족하고 입이 뾰족한 롬멜 장군처럼 생긴 할아버지가 여전히 긴 나무때기를 들고 나타났다. 다시 나타난 코가 뾰족하고 입이 뾰족한 롬멜 장군처럼 생긴 할아버지는 배추밭을 이리저리 한참 보고 있었다. 그리고 축 늘어진 할아버지를 쳐다보면서 소리를 질러댔다.

"내 말대로 개 다 없애버려!"

할아버지는 아무 말도 못 하고 있었다.

"두고 봐, 배추밭 또 망쳐놓을 테니. 잡아 매 놓기라도 해. 제발!"

코가 뾰족하고 입이 뾰족한 롬멜 장군처럼 생긴 할아버지는 아까처럼 휙 하고 돌아서서 가버렸다. 할아버지와 할머니도 집으로 돌아왔다.

집으로 돌아온 할아버지는 나무 아래에서 물만 마시며 앉아 있었다. 할아버지는 속상한 것을 참고 있었다. 코가 뾰족하고 입이 뾰족한 롬멜 장군처럼 생긴 할아버지를 원망할 수도 없고, 흰둥이들을 혼내줄 수도 없고, 열심히 가꾸던 배추를 코가 뾰족하고 입이 뾰족한 롬멜 장군처럼 생긴 할아버지네 밭에다가 심을 수밖에 없었던 것이 속상하기만 했다. 남의 배추를 망쳐놓았으니 당연히 원상복구를 해 주든지 변상을 해야 하는 것이 옳은 일이지만 할아버지는 그래도 속이 상했다. 할아버지는 물만 마시며 상한 속을 달래고 있었다.

할아버지는 속상한 것을 달래 가면서 날개를 펴고 꼬리를 부채처럼 쫙 펴고 걷고 있는 칠면조를 보고 있었다. 칠면조를 보고 있자니 참새들이 닭장을 뻔질나게 드나들고 있는 것이 눈에 들어오고 있었다. 참새들은 쉬지 않고 닭장을 드나들면서 사료를 먹고 있었다.

그런 참새들을 보고 있던 할아버지가 자리에서 일어났다. 그리고 바가지에 물을 하나 가득 떠서 닭장 안으로 확 뿌렸다. 물벼락을 맞은 닭장 안은 아수라장이 되고 말았다. 참새들은 하늘로 도망가기 바쁘고 닭들과 칠면조는 죽는 줄 알고 펄펄 뛰고 있었다.

할아버지는 아수라장이 돼 버린 닭장 안을 물끄러미 보고 있었다. 배추밭 때문에 속이 상해 있는데 참새들이 닭 사료를 먹어치우고 있는 것을 보면서 화가 폭발하고 말았다. 닭장을 보고 있던 할아버지는 밖으로 나가고 있었다.

"어디 가세요?"

할머니가 소리쳤다.

"망 사러 가요. 저놈들 보기 싫어서 촘촘한 망 사다가 치려고요."

할아버지는 돌이라도 던지는 듯이 큰 소리를 던지고서는 밖으로 나가고 있었다.

"촘촘한 망요?"

할머니는 저만큼 가고 있는 할아버지를 향해서 또 소리쳤다. 할아버지는 가다 말고 은행나무를 쳐다보았다. 은행나무에는 참새들이 달박

달박 앉아 있었다. 할머니는 소리 내며 웃었다. 물벼락을 맞은 닭장을 쳐다보면서 할머니는 소리 내어 웃고 있었다.

"이놈들, 어디 맛 좀 봐라."

잠시 후 할아버지는 촘촘한 망을 들고 나타났다. 그리고 망을 닭장에 치기 시작했다.

"요놈들!"

할아버지는 은행나무에 앉아 있는 참새들을 쳐다보면서 열심히 망을 쳤다.

할아버지는 동물을 좋아한다. 할아버지가 좋아하는 것은 동물들과 나무들 그리고 꽃들이다. 할아버지가 좋아하는 나무며 꽃들이며 동물을 싫어하는 사람이 세상에 어디 있겠느냐마는 할아버지는 유별나게 좋아한다. 그러므로 속상한 일이 있어도 할아버지는 그런가 보다 하고 살고 있다. 그런 할아버지가 참새가 닭장에 못 들어가게 촘촘한 망을 쳤다.

촘촘한 망을 다 치고 난 할아버지는 냇물이 흐르고 있는 길을 걸어가고 있었다. 지금처럼 속상할 때는 개울 길을 걷는다. 그러다 보면 어느새 속상한 것이 사라지고 미웠던 흰둥이들도 다시 귀엽게 보이고 마음이 편안해진다. 그래서 할아버지는 마을을 벗어나 냇가와 산길을 걷는 것을 좋아하고 있다. 하늘이 석양에 붉게 물들고 있을 때 걷는 것을 좋아하고, 샛별이 반짝거리는 새벽에 걷는 것을 좋아한다.

다음 날, 아침이 되자 할아버지는 샛별을 보면서 개울 길을 걷고 있었다. 흰둥이들과 나란히 냇가를 걷다가 산길도 걷다가 청둥오리들이 헤엄치며 노는 방죽 둑길을 걸었다. 방죽 둑길을 걸으며 범종 소리가 울려오고 있는 용주사를 바라보면서 오늘도 사도세자를 생각하고 있었다.

"상감마마, 어인 일이십니까?"
내관이 소리 치고 있었다.
"아니다. 별거 아니다."
임금님은 내관에게 말했다.
임금님은 오늘도 두 손으로 입을 막아가며 울음소리를 참고 있었다. 비가 오고 있는 캄캄한 밤에 임금님은 아버지 사도세자를 그리워하며 두 손으로 입을 막고 울음소리를 참고 있었다.
"상감마마, 들겠나이다."
"아니다. 혼자 있겠다."
임금님은 입을 막고 있으면서 내관을 들지 못하게 하고 있었다. 임금님은 잠자리에 들지도 못하고 몸을 구부리고 앉아서 울음을 참고 있었다. 울고 또 울고 임금님은 슬프게 울다가 어느 새 잠이 들었다. 눕지도 못하고 구부리고 잠이 든 임금님은 꿈을 꾸기 시작했다.
연꽃이 피어 있는 연못에서 안개가 피어오르고 있었다. 그리고 안개는 움직이고 있었다. 연꽃 위를 지나가면서 연못 가운데에 있는 둥근 섬으로 가고 있었다. 둥근 섬에서 안개는 사람이 앉아 있는 것처럼 멈추고 있었다. 그러던 안개가 빙글빙글 섬을 돌면서 떠나기 시작했다.
구름처럼 움직이며 꼬리를 너울거리고 앞산을 넘고 나서 불경 소리가 들려오고 있는 곳으로 가고 있었다. 안개는 불경 소리 은은한 절 안으로 들어갔다. 등불이 반짝거리는 절에는 나이 많은 스님이 불을 밝혀놓고 불공을 드리고 있었다. 안개는 불공을 드리는 법당 앞에서 잠시 머물다가 경내를 돌기 시작했다.

한 바퀴 돌고, 한 바퀴 또 돌고, 또 한 바퀴를 더 돌던 안개는 커다란 탑이 있는 곳으로 갔다. 그리고 안개는 탑을 에워싸면서 포근하게 덮고 있었다. 그리고 조금 지나면서 포근하게 덮고 있는 안개 속에서 뭔가가 꿈틀거리기 시작했다. 꿈틀거리고 있는 것은 은은한 빛을 번쩍거리면서 용이 나타나기 시작했다. 번쩍거리는 용은 여의주를 입에 물고 탑을 돌고 있었다. 번쩍번쩍 거려 가며 탑을 돌았다.

번쩍거리며 탑을 돌고 또 돌고 하면서 어느새 커다란 탑은 금으로 변하고 있었다. 금으로 변한 탑은 여의주와 같이 번쩍거리면서 찬란한 빛을 반사하면서 경내를 밝히고 있었다. 번쩍거리는 용은 금으로 변한 탑을 돌면서 나이 많은 스님이 불공을 드리고 있는 법당 안으로 여의주의 찬란한 빛을 비추고 있었다. 한참동안 나이 많은 스님이 불공을 드리고 있는 법당을 비추고 나서 하늘로 오르기 시작했다 하늘로 오르던 용은 달빛이 밝게 비추고 있는 산을 향해서 움직였다 그리고 달빛이 밝은 곳에서 용은 머물렀다.

얼마나 됐을까. 움직이지 않고 머물고 있던 용은 입에 물고 있는 여의주를 하늘을 향해서 찬란한 빛을 비췄다 그리고 하늘로 올라갔다. 용이 하늘로 올라가고 용이 머물고 있던 자리에서는 빛이 일어나기 시작했다. 마치 용이 물고 있던 여의주처럼 빛이 나고 있었다. 그리고 그 빛이 갑자기 임금님을 향해서 달려들었다.

"억!"

임금님은 소리 질렀다. 임금님은 크게 놀랐다 그리고 꿈을 꾸었다는 것을 알았다. 임금님은 수건으로 눈물을 닦고 나서 내관을 향해서 소리쳤다.

"내관은 들으시오."

"예, 상감마마."

내관은 급히 들어와 임금님을 향해서 무릎을 꿇고 엎드렸다.

"지금 얼마나 되었소?"

임금님은 내관에게 지금 몇 시나 되었느냐고 물었다.

"예, 방금 인시가 지났습니다."

그러니까 내관은 지금 막 새벽 4시가 지났다고 말했다.

"기이해서 불렀소."

"예."

임금님은 내관을 바라보면서 기이한 꿈 이야기를 꺼냈다.

"상감마마, 예사롭기 그지 없사옵나이다. 날이 밝는 대로 대신들을 입궐하게 하옵시고 소상히 알리심이 옳을 듯하옵니다."

"그리 하시오."

내관은 물러갔다. 그리고 도승지에게 급히 이 사실을 알리고 대신들을 모두 궁궐로 들게 하였다.

대신들은 모두 궁궐로 달려왔다. 임금님은 대신들이 모두 입궐하자 지난밤에 꾸었던 꿈 이야기를 소상히 말 하였다. 대신들은 모두 하늘에서 내린 길몽이라고 입을 모으고 다물지 못했다.

"상감마마! 이처럼 경이로운 일은 하늘의 뜻이 아니고서는 일어나는 법이 없사옵나이다. 하오니 하늘의 뜻을 받드심이 옳은 줄로 아뢰옵니다."

대신 중에서 벼슬이 제일 높은 영의정 대감이 이마를 바닥에 대고 감격스러움을 참지 못하고 울먹이며 아뢰었다.

"내 그리 하겠소. 하오니 사도세자 아바마마를 그곳에 모시겠소. 경들은 짐의 뜻을 따라 주시기 바라오."

임금님은 대신들에게 말하고 나서 기쁨에 겨워 눈물을 흘렸다.

그 후 대신들은 3일 동안이나 퇴궐을 하지 않고 임금님 꿈을 해몽하고 그 해몽한 것을 가지고 논의를 했다. 나흘째 되는 날에 논의가 끝이 났다. 그러자 대신들은 그림을 그리는 사람들을 궁궐로 입궐할 것을 명했고, 그림을 그리는 사람들은 궁궐로 들어왔다. 궁궐에 들어오게 된 그림 그리는 사람들은 대신들이 말하는 대로 임금님의 꿈에 나타난 고을을 그림으로 그리기 시작했다. 연꽃이 만발하게 피어난 연못에서부터 용이 하늘로 오르던 곳까지 한 가지도 빠트리지 않고 모두 그렸다.

열 명도 넘는 그림 그리는 사람들은 며칠에 걸려서 그림을 그렸다. 그리고 그 그림을 임금님이 보시게 됐다. 임금님은 그림을 보고 나서 어쩌면 이렇게 내가 꾼 꿈과 같을 수가 있느냐고 침이 마르게 칭찬을 하였다.

그러고 나서 이번에는 나라에서 제일 똑똑한 풍류 지관들을 궁궐로 불러들였다. 궁궐로 들어온 풍류 지관들은 임금님의 꿈을 그린 그림을 가지고 임금님의 명에 따라 그림을 그리는 사람들과 같이 그림과 같은 고을을 찾아서 길을 떠났다. 산은 둥글고 어머니처럼 아늑하며 연꽃이 피어 안개가 일던 섬이 하나 있는 연못과 아담한 절이 있는 고을을 찾아서 그림 그리는 사람과 풍류 지관들은 길을 떠났다.

그리고 궁궐을 떠났던 풍류 지관들과 그림을 그리는 사람들은 한 달이 되면서 돌아오기 시작했다. 궁궐로 돌아온 풍류 지관들과 그림을 그리는 사람들은 꿈과 같은 고을을 그린 그림을 임금님과 대신들 앞에 내어 놓았다. 임금님과 대신들은 풍류 지관들과 그림을 그리는 사람들이 내어놓은 그림들을 가지고 꿈과 똑같은 그림을 찾기 시작했다.

　그러자 이상한 일이 벌어졌다. 비슷하기도 하고 똑같기도 한 그림이 몇 장이 나왔다. 그래서 임금님과 대신들은 그 비슷하기도 하고 똑같기도 한 그림을 그려 온 풍류 지관들과 그림을 그리는 사람들을 불러놓고 그림에 있는 곳이 어딘지 말하라 했다.

　그러자 풍류 지관들과 그림을 그리는 사람들은 한결같이 이렇게 말했다. 서울에서 남으로 백 리 떨어진 수원도호부 수주 수성리라는 고을을 그렸다고 했다. 그러자 임금님은 이 그림이 내 꿈과 한 치도 다르지 않다고 말하고 나서 대신들을 시켜 그 고을을 다시 가서 자세하게 그려올 것을 명령하였다. 명령을 받은 대신들은 풍류 지관들과 그림을 그리는 사람들과 같이 수원도호부 수주 수성리 고을을 향해서 길을 떠났다. 그리고 대신들과 풍류 지관들과 그림을 그리는 사람들은 보름이나 걸려서 그림을 다 그려 가지고 궁궐로 돌아왔다.

　궁궐로 돌아온 대신들은 한 곳도 빠트리지 않고 그린 그림을 임금님 앞에 펼쳐 놓았다. 그림은 넓은 종이를 여러장 연결해서 그린 그림이라 궁궐 바닥에 꽉 차게 펼쳐졌다. 그림을 보고 있던 임금님은 내 꿈과 이렇게 같을 수가 있느냐고 눈물을 흘리며 칭찬을 하고 나서 풍류 지관들과 그림을 그린 사람들에게 큰 상을 주고 벼슬까지 내려 주었다.

　그런 다음 임금님은 대신들에게 말했다.

"경들은 짐의 말을 잘 들으시오. 지금부터 수원도호부 수주 수성리 고을에 아버지 사도세자를 모시기로 하겠소. 그러니 경들은 무엇 하나 소홀히 하지 말고 짐의 명을 따르도록 하시오."

임금님은 대신들에게 명령하였다. 대신들은 명령이 떨어지자 전국 방방곡곡에서 장정들을 불러 모았다. 전국 방방곡곡에서 달려온 장정들은 임금님의 아버지 사도세자의 능을 만들기 시작했다. 비가와도 열심히 능을 만들었고, 눈이 와도 열심히 능을 만들어 3년이 되는 해 드디어 사도세자의 능이 완성되었다.

능이 완성되자 임금님은 아버지 사도세자의 능으로 와서 9일 동안 스님들과 불공을 드리고 아버지 사도세자가 계신 능이 있는 수원도호부 수주 수성리 고을 이름을 새로 지었다. 아버지 사도세자 능이 모셔져 있는 마을은 수원도호부 수주 수성리를 남양도호부로 이접하고 이름을 안녕리安寧里라 지었고, 연꽃 속에서 안개가 피어오르던 연못은 수억 년이 지나도 변하지 말라고 만년제萬年堤라고 하였다.

그러고 나서 용이 여의주를 물고 번쩍거렸던 절 이름은 갈양사라 하지 말고 용이 여의주를 물고 경내를 돌고 탑을 금탑으로 만든 곳이니 용주사龍珠寺라 부르게 하였다. 또한 범종 소리가 울려 퍼지는 사방 50리는 소나무를 심게 하였고 나라 땅으로 정하였다. 그 후부터 용주사는 동이 틀 때면 범종을 쳐서 사도세자의 넋을 위로하였고, 해가 질 때가 되면 범종을 쳐서 사도세자의 넋을 위로하고 있다.

할아버지는 은은하게 울리는 범종 소리를 들으며 아침 햇살이 비추고 있는 사도세자의 능을 바라보고 있다가 횃둥이들과 집으로 돌아가고 있었다.

"잘 잤니? 잘 잤어?"

집에 돌아온 할아버지는 꼬리를 쫙 펼치고 꼬르륵거리며 거드름을 떨고 있는 칠면조에게 말하고 있었다.

"그래, 우리 집에서 네가 제일 멋지다, 멋져."

할아버지는 사료를 주고 청소를 하고 나서 옷을 털고 손을 닦고 집 안으로 들어갔다.

서 쪽 에 서
해 뜨는 마을의 비밀
3

집안으로 들어간 할아버지는 세상모르고 자고 있는 기태와 지원이 그리고 고양이 인형을 끌어안고 자고 있는 선하를 물끄러미 내려다보고 있었다. 그러다가 할아버지는 "요놈들 봐라, 혼 좀 나봐라." 하면서 그릇에 차가운 물을 떠가지고 왔다. 그리고 나서 할아버지는 세상모르고 자고 있는 기태와 지원이 이마에 찬물을 손에 찍어 문질러대기 시작했다.

그러자 기태와 지원이는 기겁을 하고 벌떡 일어났다. 그러나 선하는 문지르지 않았다. 그런데도 벌떡 일어나 앉았다. 기태와 지원이가 유치원에 가는 것이 부러워 몸살이 난 선하는 깨지 않아도 번개처럼 일어나기 때문에 아침이면 기태와 지원이만 깨면 됐다. 그런데다가 선하는 유치원에 가는 것처럼 세수하고 밥 먹고 예쁜 옷으로 갈아입고 설쳐댄다. 유치원에 가 봐야 어려서 안 된다고 더 커서 오라고 유치원 선생님이 들여보내주지도 않는데 선하는 아침마다 서둘러대고 있다.

할아버지와 할머니는 그런 선하를 아침이면 변함없이 예쁜 옷을 입히고 머리도 예쁘게 해 주고 나서 기태, 지원이와 함께 유치원으로 간다. 그렇지만 유치원에 가서는 기태와 지원이만 들여보내고 할아버지는 선하를 번쩍 안고 차에 올라 집으로 돌아온다.

오늘도 할아버지는 선하를 번쩍 안고 할머니와 같이 유치원으로 들어가고 있는 기태와 지원이에게 손을 흔들어 주고 있었다. 그러자 선하가 울기 시작했다. 할아버지가 꼭 안고 내려주지 않아서 유치원에 들어갈 수가 없기 때문에 선하는 울음보가 터지고 있었다. 할아버지는 울고 있는 선하를 포근하게 안아주고 할머니는 눈물을 닦아주면서 달래주고 있었다.

"선하야, 너는 조금 더 커야 돼. 유치원 선생님이 그랬잖니."

할아버지는 울고 있는 선하를 할머니 품에 안겨주고 나서 집을 향해 달리고 있었다.

"선하야, 집에 가서 칠면조하고 놀자. 유치원 선생님이 바보처럼 생겼잖니? 예쁜 선하를 몰라보고 들어오지도 못하게 하고 있으니 못생겼고 바보다. 유치원에는 꼬꼬도 없고 칠면조도 없으면서. 우리 집에는 칠면조도 있고, 거위고 있고, 오리도 있고 사랑이와 초코도 있는데 바보 선생님 유치원이다."

할아버지는 집으로 오면서 선하를 달래고 또 달래고 있었다. 집에 도착한 할아버지는 선하를 높이 안고 날개를 활짝 펴고 꼬르륵대고 있는 칠면조와 놀아주고 있었다.

선하가 울음을 그치고 할머니와 사랑이 그리고 초코와 놀고 있을 때 할아버지는 화실로 들어갔다. 할아버지는 그림을 그린다. 할아버지는 하루도 빼놓지 않고 그림을 그린다. 그런 할아버지는 열심히 그림을 그리다가 가끔 밖으로 나와서 닭들과 칠면조에게 사료를 주기도 하고 흰둥이들과 한참씩 냇가를 걷기도 한다. 할아버지가 지금 그림을 그리다가 화실에서 나와 사료를 주려고 닭장 앞으로 가고 있었다.

"이놈들 봐라."

할아버지는 중얼거리고 있었다. 며칠 전에 참새가 들어갈 수 없도록 촘촘한 망을 쳐놓았는데도 참새들이 닭장에 들어가 있었다. 그렇지만 촘촘한 망은 좁아서 아래쪽에는 치지를 못했다. 그런 걸 참새들이 알고 밑으로 들어가 있었다. 할아버지는 살그머니 닭장 문을 열고 안으로 들어갔다. 그러자 참새들이 도망치느라고 야단법석이 일어났다.

"요놈들, 혼 좀 나봐라."

할아버지는 참새를 잡으려고 두 손을 벌리고 이리 갔다 저리 갔다 하면서 참새들을 따라 다녔다. 그럴 때마다 참새들은 요리조리 도망 다녔다.

"요놈들 봐라."

할아버지는 생각했다. 그리고 구석으로 참새들을 몰기 시작했다. 할아버지가 구석으로 몰아대자 참새들은 구석으로 몰리게 됐다. 구석으로 몰린 참새들은 이제 더 이상 도망갈 수가 없게 되자 좁은 틈새로 쑤시고 들어갔다. 그러자 할아버지는 껄껄 웃었다. 좁은 틈새에서 들어가지도 못하고 나오지도 못하게 된 참새들을 보면서 할아버지는 껄껄 웃었다.

"하! 요놈, 요 고얀 놈들."

할아버지는 틈새에 끼어 있는 참새들을 싱글벙글 웃어가면서 모두 잡았다. 그리고 밖으로 나갔다. 밖으로 나온 할아버지는 양손에 잡고 있는 참새들을 번갈아 쳐다보면서 겁을 주고 있었다.

"사료 훔쳐 먹은 도둑놈들, 혼 좀 나봐라."

할아버지는 주둥이를 맞대고 부딪어댔다. 한참 주둥이를 부딪으며 약을 올리다가 갑자기 입을 커다랗게 벌리고 꽉 물어 버릴 것처럼 겁을 주기도 했다. 한참 동안 단단히 겁을 주던 할아버지는 두 손을 높이 들어 참새들을 하늘로 날려 보냈다. 참새들은 할아버지가 놓아주자 꽁지가 다 빠지도록 하늘 높이 날아갔다. 할아버지는 빙긋이 웃으며 하늘 높이 날아가고 있는 참새들을 쳐다보고 있었다.

"참새 잡아서 어쩌셨어요?"

차를 마시고 있는 할아버지를 보면서 할머니가 말했다.

"날려줬어요."

할아버지는 날려준 참새를 생각하며 대답했다.

"할아버지, 앞으로는 새 잡아서 나 좀 줘요."

선하가 할아버지 무릎에 두 손을 얹고 얼굴을 보면서 말했다.

"그래! 뭐 하게?"

"그냥 잡으면 줘요. 가지고 놀면 되잖아요."

"그냥 가지고 놀면 금세 죽는다. 죽으면 불쌍하잖니."

"살살 잡고 죽지 않게 만져볼게요. 잡아서 줘요."

"그러마. 잡으면 내 꼭 주마."

할아버지는 선하 머리를 쓰다듬으며 대답했다.

할아버지는 다음 날 아침에도 먼동이 트고 있는 속에서 용주사 범종 소리를 들으며 사도세자 능을 바라보다가 집으로 돌아왔다. 집으로 돌아온 할아버지는 아침 햇살이 나뭇가지 사이로 비추고 있는 마당에서 닭장 앞으로 갔다. 닭장 앞에서 할아버지는 중얼거리고 있었다.

"요놈들 봐라."

닭장 안에서는 참새들이 사료를 먹고 있었다. 할아버지는 문을 열고 안으로 들어갔다.

"요놈들, 어디 도망가 봐라."

참새들은 날아다니고 있었다. 이리 도망가고 저리 도망가고 그렇지만 할아버지는 빙긋이 웃으며 어제처럼 참새들을 구석으로 몰았다. 구석으로 몰린 참새들은 틈새로 파고들어 갔고 틈새로 파고 들어가 있는 참새들을 할아버지는 줍는 것처럼 슬금슬금 잡았다. 잡은 참새들을 할아버지는 미리 준비해 두었던 새장에 넣었다. 그리고 집 안으로 들어갔다. 집 안으로 들어간 할아버지는 꿈나라에 빠져 있는 기태와 지원이 그리고 선하한테 소리를 질렀다.

"새다, 새. 선하야, 참새다, 참새."

할아버지는 소리치면서 참새들이 퍼드덕거리고 있는 새장을 머리맡에 놓았다. 참새들은 퍼드덕거렸다. 죽을힘을 다해서 도망치느라고 퍼드덕거렸다. 기태와 지원이 그리고 선하는 자던 눈이 휘둥그레졌다.

"와! 할아버지 새 잡았다. 정말 새 잡았다."

선하가 소리쳤다.

"할아버지! 이 새 어디서 났어요? 잡았어요?"

지원이가 눈을 가리고 있는 머리카락을 뒤로 젖히며 말했다.

"그래, 잡았다. 할아버지가 요렇게 두 손으로 확 잡았다."

"와!"

지원이가 소리쳤다.

"할아버지, 이거 내 꺼야? 어저께 그랬잖아요?"

선하가 할아버지를 쳐다보면서 소리쳤다.

"그럼! 선하 거다. 만져보고 싶다고 했지? 만져 보아라. 요렇게 문 열고 잡아서 만져보면 된다."

할아버지가 문을 열고 손을 디밀자 참새들은 필사적으로 퍼드덕거렸다. 그렇지만 할아버지는 참새를 잡아서 선하 손에 쥐어주었다. 기태와 지원이는 선하가 잡고 있는 참새를 쳐다보았다. 그러자 할아버지는 다시 새장에 손을 넣고 나머지 한 마리도 잡아서 지원이 손에 쥐어주었다. 참새들은 쨱쨱 소리를 지르고 있었다. 할아버지는 지원이와 선하가 잡고 있는 참새를 이제 새장에 넣자고 했다. 그리고 신기한 듯이 참새들을 보고 있는 기태와 지원이에게 말했다.

"자자, 자! 이제 세수하자. 세수해야지. 이러다 또 늦겠다."

할아버지는 손뼉을 탁탁 치면서 말했다. 기태와 지원이 그리고 선하는 참새한테서 눈을 못 떼고 세수하러 가고 있었다. 기태와 지원이는 다른 날보다 세수를 빨리 했다. 그리고 아침밥도 부지런히 먹었다. 아침밥을 부지런히 다 먹고 난 기태와 지원이 선하는 차에 올라탔다. 그리고 유치원을 향해서 할아버지는 달리고 있었다.

"할아버지!"

지원이가 할아버지를 불렀다.

"왜 그러니? 지원아."

"새 어떻게 잡았어요?"

"새? 잡은 게 아니고 저절로 날아왔다. 그래서 할아버지가 잡은 거야."

지원이는 할아버지 말이 이상하게 들렸다. 물론 기태도 이상하게 듣고 있었다.

"새가 저절로 와요?"

"그래, 저절로 왔다. 내일 또 보렴."

"내일 또요?"

"그래."

"그럼 집에 있는 거는요?"

"집에 있는 거? 글쎄 갑자기 생긴 일이라 할아버지도 두고 봐야 알 것 같다."

"집에 있는 건 내 꺼야."

선하가 소리쳤다. 지원이는 더 묻지 않고 가만히 앉아서 운전하는 할아버지를 쳐다보고 있었다. 기태도 궁금한 것이 있었지만 가만히 있었다.

기태와 지원이가 유치원 안으로 들어가고 있어도 선하는 차에서 밖으로 나오지도 않았다. 발버둥치지도 않았다. 할아버지는 부지런히 집으로 달렸다.

"할머니, 새 뭐 먹어요?"

선하가 할머니 얼굴을 들여다보며 물었다.

"선하야, 새들은 아무거나 잘 먹는다."

할아버지가 대답해 주었다.

"아무거나 잘 먹어요?"

"그래! 닭들이 먹는 사료를 잘 먹는다. 밥하는 쌀도 잘 먹고."

"네! 그럼 사료 줘요. 쌀도 주고요."

"그래, 쌀도 주고 사료도 줄게."

"고맙습니다, 할아버지."

집에 도착하자마자 선하는 그릇을 들고 뛰기 시작했다. 할아버지한 테 뛰어갔고 할머니한테 뛰어갔다.

"어디 보자, 우리 선하가 사료 가지러 왔구나? 자, 어서 가서 주려무 나."

"네."

선하는 할아버지한테서 사료를 받아 들고 새장을 향해서 뛰어갔다. 선하는 장난감 그릇에 사료를 담아 문을 열고 넣어 주었다. 그리고 물 도 넣어 주었다. 그뿐만이 아니다. 마당에서 꽃도 꺾어다가 옆에 놓았고 풀도 뜯어다가 넣어 주었다.

"풀은 왜 넣어 주었니?"

할머니가 물었다.

"새들이 밖에서 놀 때처럼 해 주는 거예요. 진짜 땅 같이요."

"오, 그렇구나."

할머니는 빙긋이 웃었다.

선하는 장난감들을 모두 새장 옆에 가져다가 놓았다. 그리고 잠시도 새장 곁을 떠나지 않았다. 물을 먹으러 갔다가도 뛰어오고 화장실에 갔 다가도 금세 뛰어오고 할머니가 밭에 가도 따라가지 않고 새장 곁에서 떠나지 않았다. 점심을 먹을 때도 선하는 새장에서 눈을 떼지 않고 있 었다.

그런데 이상한 일이 일어났다. 새장 안의 참새가 없어졌고 대신 돌멩이 두 개가 풀 위에 놓여 있었다.

"할머니!"

선하는 비명을 질렀다.

"할머니! 새가 없어요. 빨리 와 봐요."

할머니는 밭에서 풀을 매다가 선하의 비명 소리에 벌떡 일어났다.

"새가 없다니?"

할머니는 부지런히 들어왔다 .

"봐요, 봐요, 없지요?"

선하는 울기 시작했다.

"이게 웬일이냐? 새가 없다니. 날아갔나 보다. 어떻게 날아갔지? 문이
열리지도 않았는데."

"어떻게 날아가요? 이렇게 철사로 총총히 막아놨는데. 철사를 못 끊
는데 어떻게 날아가요. 그리고 보세요, 돌멩이가 있잖아요."

"그렇구나. 그런데 어떻게 돌이 있지? 참새는 없고 웬 돌이 있지? 돌이
됐나, 새가?"

할머니는 할아버지가 새를 날려주고 대신 돌을 놓았구나, 생각하고
선하처럼 참새가 없어지고 돌이 된 것을 궁금해하는 척하고 있었다. 그
러면서 답답한 말만 하고 있었다.

"새가 돌이 돼요?"

"글쎄다. 그렇지 않고서야 새는 없고 돌이 왜 있겠니? 그것 참 알다가
도 모를 일이다. 할아버지에게 물어보자."

할머니는 선하보다 더 이상하고 궁금한 척하면서 할아버지한테 묻기
로 했다. 할머니는 선화와 같이 할아버지한테 갔다. 할머니는 화실 문

을 열고 선화와 같이 화실 안으로 들어갔다. 그리고 할아버지한테 물었다.

"참새 못 보셨어요?"

"참새요?"

"할아버지, 참새가 없어졌어요. 그런데 난데없이 돌멩이가 있어요. 새가 변했나 봐요."

선하는 울면서 말하고 있었다.

할아버지는 선하가 사랑이와 초코 밥을 주고 있는 사이에 참새를 놓아주고 돌을 넣어 놨다. 할아버지는 시침을 뚝 떼고 눈을 껌벅거려가며 말했다.

"이게 무슨 소리냐? 새가 없다니. 어디 가 보자."

할아버지는 울먹이고 있는 선하를 번쩍 들어 안고 집으로 갔다.

"그렇구나. 정말 없구나. 그리고 돌이 있구나."

"이 안에서 새가 왜 사라져요? 연기면 몰라도."

"그렇구나. 새는 연기가 아닌데 감쪽같이 없어졌구나."

선하는 다시 울기 시작했다. 할아버지는 선하를 다시 번쩍 들어 안았다. 그리고 흐르는 눈물을 닦아주고 있었다.

"선하야, 내일 아침이면 다시 나타날 거다. 아마 저 돌이 새가 돼서 다시 나타날 거다. 틀림없이 다시 나타난다. 할아버지가 장담한다. 틀림없이 새가 된다."

할아버지는 울고 있는 선하를 꼭 안아주면서 말했다

"새가 나타나면 또 돌로 변하면 어떻게 해요? 지금처럼 돌이 되면요."

"아, 그렇구나! 그렇지만 선하야, 새가 돌이 되고 돌이 새가 되고 그러면 재미있는 거다. 정말 재미있는 거다. 요술 같고. 아마 천사가 선하 재미있으라고 그러는지도 모른다."

할아버지는 서럽게 울고 있는 선하가 가엾어서 어떻게든지 달래려고 재미있게 말해주고 있었다. 선하는 그렇지만 돌을 보면서 울음을 그치지 못하고 있었다. 할머니는 선하의 눈물을 닦아주고 있었다. 초코와 사랑이가 할아버지 품에 안겨서 울고 있는 선하를 처다보고 있었다. 할머니는 서럽게 울고 있는 선하의 눈물을 흐르는 대로 닦아주고 있었다.

오후 2시, 기태와 지원이가 할아버지 차에서 내렸다. 그리고 참새를 보려고 집 안으로 뛰었다. 집 안으로 뛰어 들어간 기태와 지원이는 갑자기 멈췄다. 그리고 새장을 들여다보며 두 눈을 껌벅거리고 돌을 보고 있었다.

"내일 아침에 다시 참새가 될 거야."

선하가 말했다.

그러자 기태와 지원이는 선하를 처다봤다.

"이 돌멩이가 새가 될 거야."

선하는 다시 말했다.

기태와 지원이는 가만히 있었다. 선하가 하는 말이 뭔지 몰라서 가만히 있었다. 그리고 새장에 있는 돌멩이를 들여다봤다.

"아침이면 새가 돼. 할아버지가 그랬어."

기태와 지원이는 사랑이와 초코가 안아달라고 뛰어오르고 있어도 선하 얼굴을 처다봤다.

"할아버지가 그랬어. 아침이면 틀림없이 새가 된다고."

선하가 또 말했다.

기태와 지원이는 가만히 있었다. 돌이 새가 된다고 말하는 선하가 장난을 치는 것만 같아서 가만히 있었다. 새를 날려 주고 대신 돌을 넣고서 장난한다고 생각했다. 그래서 대답을 안 하고 가만히 있었다.

"정말이야. 할아버지가 그랬어. 틀림없이 아침에 새가 된다고."

기태와 지원이는 선하가 무슨 말을 하던 틀림없이 장난이라고 생각하면서 빙긋이 웃기만 했다.

그러자 선하가 또 말했다.

"내가 꼼짝 않고 있었는데 돌이 됐어. 여기 이렇게 앉아 있었는데."

기태는 피식 웃었다. 그렇지만 지원이는 웃지 않고 선하에게 말했다.

"보고 있는데 돌이 됐어?"

"어! 꼼짝 안 하고 보고 있는데 금방 돌이 됐어."

"꼼짝 안 하고?"

"어! 언니가 안 봐서 거짓말인 줄 알지만 아냐. 정말 꼼짝 안 하고 있는데 돌이 됐어. 할머니한테 물어봐."

"할머니한테?"

"어, 물어봐."

지원이는 두리번거리며 할머니를 찾았다. 그렇지만 할머니는 없었다.

"아침에 틀림없이 새가 된다고 그랬어. 할아버지가."

선하는 새장을 지키고 앉아 있었다. 지원이가 볼 때는 선하가 장난하는 것 같지가 않았다. 그리고 거짓말하는 것 같지도 않았다. 뭔가 이상하기는 해도 선하가 돌을 단단히 지키고 있는 것을 보면 웃어넘길 일이 아닌 것만 같았다.

지원이는 화실로 뛰어갔다.

"새장에 돌멩이가 다시 새가 돼요?"

지원이는 할아버지 눈치를 살피면서 물었다.

할아버지는 빙긋이 웃었다.

"그럴 것 같다. 새가 돌이 되었으니 돌이 다시 새가 되지 않겠니?"

할아버지는 알쏭달쏭하게 말했다.

"돌이 어떻게 새가 되지요? 마술이면 몰라도."

지원이는 입안으로 기어들어가는 소리로 말했다.

"마술? 글쎄다. 자세히는 모르지만 참새가 돌이 됐으니 다시 새가 될 것 같은 생각이 들고 있다."

지원이는 할아버지 말이 신통치가 않아서 오히려 이상해지고 있었다. 참새가 돌이 됐으니까 다시 새가 된다고 하니 할아버지도 선하와 다를 게 없었다. 지원이는 화실에서 나와 집으로 뛰어갔다. 그러자 기태가 물었다.

"뭐래?"

"그 말이 그 말이야."

"그 말이 그 말?"

"아냐. 할아버지는 다 아셔."

선하가 큰 소리로 말했다. 그렇지만 기태는 머리만 만지고 있었다. 그리고 생각했다. 할아버지가 참새를 잡았으니까 혹시 할아버지는 알고 있을 것만 같은 생각도 들고 있었다.

"언니! 그러니까 내일 아침에 보면 알잖아. 진짜 참새가 되는지 말이 야."

선하는 소리쳤다. 그냥 믿으면 되는데 믿지 않고 의심을 하고 있어서 선하는 소리쳤다. 그러지 않아도 속으로는 진짜 아침에 새가 될 것인지 어떻게 될는지 몰라서 걱정이 되는데 기태와 지원이가 믿지를 않으니 속이 상하고 있었다.

선하는 다시 소리쳤다.

"내 말을 믿어. 언니도 오빠도."

선하가 다시 소리치자 기태와 지원이는 고개를 끄떡였다. 우선 선하 말을 믿기로 했다.

"내가 잠을 안 자고 있으면서 돌이 참새로 변할 때 오빠하고 언니 깨우면 되잖아."

선하는 또 소리쳤다.

기태와 지원이는 다시 고개를 끄떡였다.

선하는 돌멩이 곁에서 꼼짝을 하지 않았다. 돌멩이가 참새로 변할 것이기 때문에 지키고 있었다. 사료를 주고 풀도 뜯어다가 깔아주고 귀여워해 주었는데 감쪽같이 돌로 변했기 때문에 반드시 새가 될 것이라고 믿으며 지키고 있었다. 지원이는 사랑이와 초코와 놀다가도 돌멩이를 한참씩 살펴봤다. 참새가 돌이 됐다는 것이 믿어지지는 않지만 어쨌든 다시 참새가 된다니 궁금한 마음에 자꾸만 살펴봤다. 그러면서 내일 아침에 새가 되는 것이 보고 싶었다.

그래서 선하한테 넌지시 말했다.

"너, 정말 나 깨울 거지?"

지원이 말에 선하는 소리쳤다.

"응, 깨울 거야. 오빠도 깨워 줄게."

선하는 웃으면서 말했다. 기분이 좋아져서 기태와 지원이를 쳐다보면서 미소를 짓고 있었다.

그리고 밤이 됐다. 기태와 지원이가 잠이 들었는데도 선하는 눈을 말똥말똥하게 뜨고 돌멩이를 쳐다보고 있었다. 잠이 들려고 하면 콧노래도 하고, 그래도 잠이 들려고 하면 앉아서 머리를 빗기도 하고, 잠든 사랑이를 안기도 하고 돌멩이를 쳐다보기만 했다. 그렇지만 선하는 결국 잠이 들어 코를 골고 있었다.

다음 날 아침이 됐다. 기태와 지원이가 잠에서 깨자마자 비명을 질렀다.

"와! 진짜 새가 됐다!"

기태와 지원이는 입을 크게 벌리고 퍼드덕거리고 있는 새장을 들여다봤다. 선하도 잠을 깼다. 기태와 지원이 비명 소리에 잠을 깼다. 늦게까지 새장을 지키기는 지켰지만 참새가 되는 것은 못 봤다.

그렇지만 참새를 보는 순간 두 주먹을 힘껏 쥐고서는 부르르 떨었다.

"그것 봐! 새가 됐지!"

선하는 눈물이 맺히며 목이 멨다. 그리고 새장을 끌어안았다. 참새가 너무 고마워서 눈물이 나오고 있었다. 선하는 다시는 새장을 떠나지 않을 것이라고 단단히 벼르면서 기태와 지원이가 유치원에 가고 있어도 새장을 떠나지 않고 있었다. 할아버지가 기태와 지원이를 유치원에 데려다 주고 왔어도 선하는 새장 곁에서 꼼짝 않고 있었다.

"선하야, 아직 그러고 앉아 있니?"

할아버지가 말을 해도 선하는 대답을 하지 않았다. 그러자 할아버지는 선하 귀에다가 속삭였다.

"그렇게 지키고 있으면 새가 답답해할 텐데 어쩌느냐?"

그래도 선하는 꼼짝을 안 했다. 오히려 할아버지에게 조용히 하라고 손가락을 입에 대고 있었다. 돌이 새가 되는 것을 못 봤기 때문에 이번에는 새가 돌이 되는 것을 반드시 보고야 말 거라고 벼르고 있었다.

"할아버지, 조용히 해요."

할아버지가 자꾸만 부스럭거리며 움직이자 선하가 살그머니 말했다.

"그래, 알았다."

할아버지는 선하가 하라는 대로 조용조용 말했다. 그리고 화실에 가서 그림을 그리고 있었다. 한참 그림을 그리고 있는데 할머니가 근심 어린 얼굴을 하고 들어왔다.

"왜 그래요?"

할아버지가 할머니의 근심어린 얼굴을 쳐다보면서 물었다.

"유치원에서 전화가 왔는데 애들이 싸웠대요."

할머니가 걱정스러운 얼굴로 말했다.

"애들이 싸우다니요?"

"잠깐 오래요."

"오래요? 애들이 싸운 걸 가지고 오래요? 고것들이 싸우면 얼마나 싸운다고 오래요? 애들이야 싸우다 말다 그러는 게 애들이지. 고것들이 싸웠다고 오래요? 오라고까지 할 게 뭐가 있어요."

할아버지는 말하면서 할머니 얼굴을 보고 있었다. 할머니는 걱정이 가득한 얼굴을 하고 서 있었다. 그러자 할아버지가 다시 말했다.

"그럼 가 봅시다. 그냥 오라고 해도 가야 하는데 싸웠다는데 안 갈 수 있어요? 가 봅시다."

할아버지와 할머니가 유치원에 가려고 차에 타자 선하도 따라나섰다.

새장을 지키고 있고 싶었지만 어쩔 수 없어서 따라나섰다.

유치원에 도착한 할아버지는 할머니 그리고 선하와 같이 유치원으로 들어갔다. 유치원 복도에서는 기태와 지원이가 두 손을 높이 들고 벌을 받고 있었다. 기태와 지원이는 할아버지 할머니를 보자 눈물을 흘리기 시작했다. 할머니는 기태와 지원이 눈물을 닦아주고 나서 교실 안으로 들어갔다.

"안녕하셨어요?"

할아버지는 유치원 선생님에게 인사를 했다.

"어서 오세요."

"저놈들이 말썽을 피웠군요?"

할아버지는 유치원 선생님에게 말했다.

"제 불찰이지요. 제가 미처 발견을 못 해서 그만……. 귀를 물었는데 피가 조금 나서 양호실 갔어요."

"저런! 많이 물었나 보군요. 그래 많이 물었어요?"

까만 머리를 곱게 빗어 내린 유치원 선생님은 하얀 리본 핀을 길게 빗어 내린 뒷머리에 꽂고 있었다.

"얘들아, 인사드려라. 기태와 지원이 할아버지 할머니시다."

유치원 선생님은 교실 가운데에 옹기종기 모여 앉아 있는 아이들에게 손뼉을 치며 소리쳤다. 싸우는 바람에 아이들을 모두 벌을 준 모양이다. 아이들이 인사하자 할아버지 할머니도 인사를 했다. 선하는 벌을 서고 있는 기태와 지원이 앞에서 무슨 말인가 열심히 하고 있었다. 할머니는 귀를 물어서 피가 났다는 아이가 걱정되었다.

잠시 후 문이 열리고 사납게 생긴 여자가 들어왔다. 그리고 뒤이어서 착하게 생긴 여자와 귀를 물렸다는 아이가 귀에 반창고를 붙이고 들어왔다. 할아버지와 할머니는 의자에서 일어났다. 그리고 눈치를 살피면서 귀를 물린 아이한테 말했다.

"많이 아팠겠다. 많이 아프지?"

"많이 아프지요. 이러니 애들을 맘 놓고 못 키운다니까. 할아버지 할머니가 저 아이들 할아버지 할머니세요?"

갑자기 사납게 생긴 여자가 할아버지와 할머니를 번갈아 쳐다보면서 물었다.

"예, 그렇습니다. 미안합니다."

할아버지가 사납게 생긴 여자에게 인사를 하면서 말했다.

"아이들이 잘못된 것은 모두 어른들 탓이 아닌가요?"

사납게 생긴 여자는 안경을 손으로 추켜가면서 할아버지한테 사납게 말했다.

할머니는 귀를 물린 아이 곁으로 가서 들릴락 말락 하는 소리로 아이에게 말하고 있었다.

"많이 아프지? 혼났겠다."

할머니 말에 귀를 물린 아이는 대뜸 이렇게 말했다.

"할머니, 아프지는 않는데요. 새가 돌이 돼요? 아니죠? 그리고 돌이 새가 어떻게 돼요? 아니죠? 제가 자꾸 거짓말을 꾸며대잖아요."

귀를 물린 아이는 기태와 지원이가 있는 문밖을 손가락으로 가리키며 할머니에게 큰 소리로 말했다. 그러자 할아버지와 할머니는 아이들이 왜 싸웠는지 알게 되었다.

"그래서 싸웠구나!"

할아버지는 귀를 물린 아이를 다독여 주었다.

유치원 선생님은 기태와 지원이를 안으로 데리고 왔다. 그리고 귀를 물린 아이와 악수를 시켰다. 그리고 기태와 지원이를 자리에 가서 앉게 하였다.

"맘 놓고 애 못 키워요. 유치원에서도 싸우고 난리니 믿을 곳이 없어요. 쪼그만 것들이 뭘 알아서 싸움질을 한담. 얘! 가자. 아이 데리고. 그리고 할아버지, 애들한테 그런 거짓말이나 해서 키우면 애들이 어떻게 되겠어요? 돌이 새가 되는 게 말이나 돼요? 보세요! 당장 싸우잖아요."

사납게 생긴 여자는 할아버지한테 공격이라도 할 기세로 핀잔을 주고 있었다. 할아버지는 가만히 앉아 있었다.

"그러지 마시고 이해하세요. 제가 오시라고 한 것은 제게 잘못이 있어서입니다. 그러니 저를 용서하시고 두 분은 이해하셨으면 합니다."

유치원 선생님이 사납게 생긴 여자와 할아버지를 번갈아 보면서 말했다. 그렇지만 사납게 생긴 여자는 이해하지 않고 있었다. 당장에라도 싸울 듯이 얼굴을 붉히고 있었다. 할아버지는 눈만 껌벅껌벅하면서 사납게 생긴 여자에게 어떻게 사과해야 하나 하는 생각만 하고 있었다. 할머니는 겁이 나서 가만히 앉아 있었다.

"저를 나무라시고 오해를 풀어주세요. 그래야 제가 두 분 가정을 오시라고 한 것이 보람이 있잖아요. 이렇게 부탁합니다."

유치원 선생님은 계속해서 사과하고 있었다. 사납게 생긴 여자는 입을 꽉 다물고 기태와 지원이를 못마땅한 눈으로 보기만 했다.

"미안합니다. 상심 마세요. 별일이야 있겠어요?"

착하게 생긴 여자가 고개를 들지도 못하고 있는 할머니 손을 잡으며 말했다.

"뭐가 별일이 없니? 귀를 물어서 피가 났는데."

사납게 생긴 여자는 착하게 생긴 여자를 핀잔하며 말했다.

할아버지는 사납게 생긴 여자에게 어떻게 사과를 해야 할지 몰라서 눈만 껌벅거리면서 눈치를 보고 있었다.

"수업이 끝나면 병원에 데리고 가서 치료하겠습니다."

할아버지는 사납게 생긴 여자에게 말했다.

"당연하지요. 물었는데요. 이빨 독이 얼마나 무서운데요. 그리고 수업이 끝날 때까지 어떻게 기다려요? 그 안에 무슨 일이 일어날지도 모르는데."

사납게 생긴 여자는 조금도 이해를 하지 않고 있었다. 할아버지는 어쩔 수가 없어서 눈만 껌벅껌벅하고 있었다. 교실 문이 열리고 찻잔을 든 여자가 들어왔다. 그리고 찻잔을 탁상에 내려놓고 밖으로 나갔다.

유치원 선생님이 할아버지와 할머니에게 차를 드시라고 했다. 그리고 사납게 생긴 여자와 착하게 생긴 여자를 보면서 차를 드시라고 했다. 할아버지는 유치원 선생님이 권하는 대로 찻잔을 들었다.

"모든 것이 제 불찰입니다. 제 불찰로 해서 발생한 일이니 저를 나무라시고 용서를 해 주세요."

유치원 선생님은 사납게 생긴 여자를 쳐다보면서 다시 말했다.

"참, 기가 막혀. 남자애들 싸우는데 계집애가 물 게 뭐야."

유치원 선생님이 몇 번이고 사과해도 사납게 생긴 여자는 분을 참지를 못하고 있었다. 착하게 생긴 여자가 사납게 생긴 여자 얼굴을 쳐다봤다. 그리고 작은 소리로 말했다.

"왜 그래? 참아."

착하게 생긴 여자는 할아버지를 쳐다보면서 사납게 생긴 여자에게 참으라고 했다. 그리고 할아버지를 향해서 말했다.

"이해하세요."

"아닙니다. 저의 애들이 못돼서 송구스럽습니다. 어떻게 위로를 드려야 할지 모르겠습니다."

할아버지는 착하게 생긴 여자에게 겸손한 얼굴을 하고 말했다. 착하게 생긴 여자는 기태와 지원이를 보고 있었다. 그리고 할머니에게 말했다.

"손자 손녀인가 봐요?"

"예, 쌍둥입니다. 큰딸 애."

"네! 좋으시겠어요. 남자애 여자애 함께 낳아서요."

착하게 생긴 여자는 부러운 듯이 말했다.

"쟤들 밑으로 또 있어요."

"그럼 또 쌍둥이요?"

착하게 생긴 여자가 눈을 크게 뜨면서 할머니를 쳐다보면서 말했다.

"아뇨. 남자애 하나요."

"네!"

착하게 생긴 여자는 웃고 있었다. 또 쌍둥이냐고 물은 것이 미안해서 그런지 쑥스러워하면서 웃고 있었다.

서 쪽 에 서
해 뜨는 마을의 비밀
4

착하게 생긴 여자는 선하를 가리키며 또 물었다.

　　"그럼 조 애는요?"

　착하게 생긴 여자는 귀를 물린 아이와 무슨 얘기를 열심히 하고 있는 선하를 가리키며 물었다.

　"저 애는 작은 딸애 애예요."

　할머니는 눈을 깜박이며 말했다. 그리고 착하게 생긴 여자가 말하는 바람에 불안하기만 했던 마음이 조금씩 풀어지고 있었다.

　"힘드시겠어요!"

　착하게 생긴 여자는 아이들을 쳐다보고 나서 할머니에게 말했다.

　"힘들 때도 있어요. 그렇지만 애들이 없으면 적적해서……."

　할머니는 착하게 생긴 여자와 말을 주고받으면서 불안하기만 하던 마음이 가시고 있어서 조금 웃기까지 했다. 그렇지만 사납게 생긴 여자가 또 무슨 말을 할지 몰라서 가슴은 계속해서 쿵쾅거리고 있었다.

　귀를 물린 아이와 기태가 싸우는데 지원이가 귀를 물어 버렸으니 엄마 된 사람이 속이 상하지 않을 수 없는 일이고 보니 할아버지와 할머니는 사납게 생긴 여자의 마음을 백 번 이해하고 있었다.

그런데 귀를 물린 아이하고 선하가 무슨 문제가 있는지 할아버지한 테 오고 있었다.

"할아버지, 정말로 새가 돌이 돼요? 또 돌이 새로 변해요? 아니죠? 쟤 들이 거짓말해서 싸웠는데 얘도 거짓말해요."

귀를 물린 아이가 답답한 얼굴을 하고서 할아버지한테 묻고 있었다.

"거짓말이 아니다."

할아버지는 몸을 굽혀가며 귀를 물린 아이에게 말해줬다.

"그럼 그게 정말이에요?"

"그래, 정말이다."

"그것 봐, 내 말이 맞지. 그러니까 해 뜰 때는 새가 되고 낮에는 돌이 돼."

선하가 귀를 물린 아이한테 당당한 소리로 말했다.

귀를 물린 아이는 할아버지를 뚫어지게 쳐다봤다. 그리고 또 물었다.

"정말 그래요?"

"정말 그렇단다."

"아니다. 새가 돌이 되거나 돌이 새가 되는 일은 절대로 없다. 그건 속임수다. 빨간 거짓말이다."

사납게 생긴 여자는 귀를 물인 아이의 손을 잡으며 할아버지를 못마 땅하게 쳐다보고 있었다.

"속임수요? 그럼 마술이에요! 마술은 속임수잖아요!"

귀를 물린 아이는 사납게 생긴 여자한테 큰 소리로 말했다.

"마술은 무슨 마술이니? 속임수지. 새빨간 속임수."

"새빨간 속임수가 마술이잖아요."

귀를 물린 아이는 사납게 생긴 여자의 말에 다시 말했다. 그렇지만 사납게 생긴 여자는 계속해서 할아버지와 할머니를 업신여기는 눈으로 보고 있었다.

"할아버지, 텔레비전에서 봤어요. 감쪽같이 속이는 거요. 마술은 속임수잖아요?"

할아버지는 귀를 물린 아이 어깨를 다독이고 있었다.

"할아버지, 마술 할 줄 알아요?"

"그래."

귀를 물린 아이 말에 할아버지는 그렇다고 말했다.

"진짜 마술사예요?"

"그래."

할아버지는 귀를 물린 아이가 묻는 대로 대답했다. 귀를 물린 아이는 눈을 반짝이며 할아버지 얼굴을 뚫어져라 봤다.

"속임수지 마술은 무슨 마술이니?"

사납게 생긴 여자가 다시 빈정거리는 말투로 말했다.

"그게 마술이잖아요. 속이는 게!"

귀를 물린 아이는 사납게 생긴 여자가 속지 말라고 하고 있지만 그럴수록 할아버지 말을 믿어가고 있었다.

"그럼 보여줄 수 있어요? 참새가 돌이 되는 거요."

"그러마. 보여 줄게."

할아버지가 마술을 보여주겠다고 하자 귀를 물린 아이는 착하게 생긴 여자한테 안기며 말했다.

"엄마, 할아버지가 마술 보여준대."

이게 무슨 일인가? 귀를 물린 아이 엄마가 착하게 생긴 여자란 말인가. 할아버지와 할머니는 어안이 벙벙해서 착하게 생긴 여자를 쳐다봤다. 그리고 또 사납게 생긴 여자도 쳐다봤다. 할아버지하고 할머니는 귀를 물린 아이 엄마가 사납게 생긴 여자인 줄로 알고 있었는데 착하게 생긴 여자가 엄마라니, 기가 막혔다. 할아버지와 할머니는 귀를 물린 아이만 보고 있었다. 사납게 생긴 여자는 갑자기 민망스러워하고 있었다. 그러면서도 할아버지와 할머니를 흘깃거리며 깔보는 것은 여전했다.

할아버지는 마시다 말고 있던 차를 마셨다. 그리고 착하게 생긴 여자에게 말했다.

"병원에 가서 치료해 드리겠습니다."

"괜찮습니다."

할아버지와 할머니는 착하게 생긴 여자와 귀를 물린 아이를 보고 있었다. 그리고 마음속으로 치료를 잘해주고 싶어지고 있었다. 그래서 빙긋이 미소를 지었다. 그러자 유치원 선생님이 할아버지한테 가깝게 다가와 두 손을 앞으로 모으고 공손한 얼굴로 입을 열고 있었다.

"찾아뵌다고 하면서 못 찾아뵈었습니다. 작품 많이 하시지요?"

분위기가 좋아지고 있기 때문에 유치원 선생님은 할아버지에게 비로소 예의를 갖추고 인사를 했다.

"예."

할아버지가 대답하자 사납게 생긴 여자와 착하게 생긴 여자는 유치원 선생님이 갑자기 왜 그러나 하고 할아버지와 유치원 선생님을 번갈아 보고 있었다.

유치원 선생님이 다시 말했다.

"참 훌륭하신 분이세요. 서양화가세요, 손꼽히시는."

유치원 선생님은 할아버지가 사납게 생긴 여자에게 싫은 소리만 듣고 있었던 것이 미안스러워서 그런지 할아버지에게 겸손하게 대하고 있었다.

"별말씀을 다 하십니다."

할아버지가 민망스러워 하면서 말했다.

유치원 선생님은 책상으로 가더니 할아버지한테 받았던 그림책을 가지고 왔다. 그리고 사납게 생긴 여자와 착하게 생긴 여자에게 주면서 말했다.

"이게 선생님의 작품 책입니다. 보세요."

사납게 생긴 여자는 책을 받아 들고 보기 시작했다. 착하게 생긴 여자는 책을 보면서 귀를 물린 아이를 꼭 잡았다. 혹시나 할아버지를 귀찮게 할까 봐 꼭 잡고 있었다. 사납게 생긴 여자는 할아버지 작품 책을 보고 또 봤다. 그리고 고개를 들고 할아버지를 바라봤다.

예술가라면 수염도 길게 하고 머리카락도 치렁치렁 길게 기르고 긴 머리를 끈으로 질끗 매고 있는 것을 봐 왔다. 그리고 옷도 너울너울하고. 그런데 지금 할아버지는 그렇지 않았다. 그래서 사납게 생긴 여자는 할아버지를 뜯어보듯이 살펴보고 있었다.

"마술도 하세요?"

유치원 선생님은 귀를 물린 아이와 얘기하는 소리를 들었고 참새가 돌이 되고 돌이 참새가 된다고 하고 있어서 할아버지한테 묻고 있었다.

할아버지는 대답했다.

"네, 마술이라고 할 것까지는 없지만……."

할아버지는 얼버무리듯이 말하면서 아니라는 말을 하지 못했다. 귀를 물린 아이 때문에 그런 것은 아니지만 할아버지는 지금 아니라는 말을 못했다. 만약에 아니라고 한다면 기태와 지원이 뿐만 아니라 귀를 물린 아이도 실망하게 될 것이고 그 때문에 싸움까지 했는데 어떻게 아니라는 말을 할 수 있겠는가. 할아버지는 아니라는 말은 할 수가 없었다.

"그것 봐요, 선생님. 할아버지 진짜 마술사지요."

귀를 물린 아이가 유치원 선생님한테 소리쳤다.

할아버지는 귀를 물린 아이한테 미소를 지어주고 있었다. 유치원 선생님은 할아버지가 마술을 한다는 말에 기뻐하고 있었다. 가슴이 쿵쾅거리기까지 하고 있었다. 유치원 선생님은 눈을 반짝거리기까지 하고 있었다.

"할아버지, 마술 언제 보여주실래요?"

귀를 물린 아이는 착하게 생긴 엄마가 잡고 있는데도 묻고 있었다.

"언제든지 보여주마."

할아버지는 서슴없이 당장이라도 보여줄 것처럼 말했다. 귀를 물린 아이는 선하와 기태 그리고 지원이를 쳐다보며 웃었다.

"마술도 하시니 참으로 훌륭하십니다. 저희 모두 보고 싶습니다."

유치원 선생님은 눈을 반짝거리며 말했다 그리고 또 말했다.

"얼마나 좋겠어요? 아이들이."

유치원 선생님은 아이들을 바라보며 미소를 짓고 있었다.

할아버지는 눈만 껌벅거리고 있었다.

할머니는 기태와 지원이가 싸우는 바람에 경황이 없어서 가만히 있

었는데 할아버지가 마술을 한다고 하는 소리에 슬그머니 힘이 생기고
있었다. 그렇지만 할아버지가 마술하는 것을 본 적이 없어서 속으로는
미심쩍은 생각이 들었다. 그래도 지금 기가 죽어 있던 중이라 할아버지
가 마술을 한다는 말에 슬그머니 힘이 나고 있었다.

유치원 선생님은 눈을 반짝이며 할아버지에게 말했다.

"저, 선생님! 마술 보여주실 거지요?"

"조놈하고 약속했습니다."

할아버지는 귀를 물린 아이를 가리키며 말했다. 그러자 유치원 선생
님은 갑자기 손뼉을 치기 시작했다. 그리고 큰 소리로 말하고 있었다.

"자, 자, 애들아! 모두 들어라. 여기 계신 기태, 지원이 할아버지께서
마술을 보여 주실 거다. 새가 돌로 변하고 그 돌이 다시 새가 되는 마
술을 보여주실 거다. 모두 일어나서 할아버지에게 인사하자."

할아버지는 정신이 번쩍 들었다. 지금까지 귀를 물린 아이한테 슬그
머니 말한 건데 유치원 선생님이 큰소리치자 정신이 번쩍 들었다. 그래
서 할아버지는 유치원 선생님을 쳐다보면서 가슴이 철렁하고 내려앉고
있었다. 유치원 아이들은 소리를 지르며 할아버지를 향해서 손을 흔들
었다. 그러자 할아버지는 어쩔 수 없이 활짝 웃었다.

"저…… 화가 할아버지, 아니 아니 선생님, 마술도 하세요?"

사납게 생긴 여자가 말을 더듬거리며 갑자기 말했다.

"네."

할아버지도 갑자기 대답했다. 그리고 가슴이 퉁탕거리고 있었지만 태
연하게 앉아 있었다. 할아버지는 입을 크게 벌리고 미소를 지었다. 날
아갈듯이 좋아하는 유치원 선생님과 아이들을 보면서 입을 아주 크게

벌리고 웃는 것처럼 하고 있었다.

유치원 선생님도 웃었다. 그러면서 또 묻고 있었다.

"그러면 선생님! 언제가 좋으시겠어요?"

유치원 선생님은 다 된 것처럼 묻고 있었다.

할아버지는 움찔했지만 대답했다.

"이왕 말이 나왔으니 선생님이 날짜를 정하시면 되겠습니다. 일주일 후쯤 해서."

"그러세요. 아이들이 좋아하는 것 좀 보셔요. 선생님 감사합니다."

할아버지는 좋아하는 유치원 아이들을 물끄러미 보고 있었다.

유치원 선생님은 아이들이 좋아하는 것을 보면서 할아버지에게 인사를 하고 또 인사를 했다. 고맙다고 몇 번을 인사했다. 유치원 선생님은 좋아하는 아이들을 활짝 웃는 얼굴로 쳐다보고 있었다.

할아버지는 착하게 생긴 여자에게 말했다.

"어떻게 할까요? 수업이 끝나면 병원에 가 볼까요? 아니면 선생님께 말씀드리고 지금 가볼까요."

"아니에요, 염려하지 마세요. 양호실에서 치료 다 했어요. 조금도 염려 마세요."

착하게 생긴 여자는 깜짝 놀라면서 대답했다. 하지만 할아버지는 귀를 물린 아이를 병원에 데리고 가서 치료를 해 주고 싶었다.

"그러지 마시고 병원에 가도록 합시다."

할아버지는 다시 말했다.

"선생님, 걱정 마세요. 애가 극성맞아서 벌어진 일이에요. 조금도 염려하지 마세요. 그러시면 저희가 미안해요."

착하게 생긴 여자는 극구 사양했다.

"제가 처음에 피 나는 것을 보고 막돼먹은 아이들이 그런 줄 알고 그만 실수를 하였습니다. 너그럽게 이해하여 주세요."

사납게 생긴 여자가 할아버지에게 정중하게 사과했다.

"네! 고맙습니다."

할아버지는 사납게 생긴 여자에게 대답했다. 아까와는 달리 겸손하고 상냥하게 말하고 있어서 할아버지도 너그럽게 말했다.

"아이가 피가 나는 것을 보고 속상하지 않은 사람이 어디 있겠어요. 누구나 속상하지요. 잘 알고 있습니다. 그보다 양호실에서는 뭐라고 하던가요?"

할아버지는 사납게 생긴 여자에게 다시 물었다.

"괜찮겠다고 했습니다. 약을 듬뿍 바르면서."

"네."

할아버지는 짧게 대답했다. 그리고 다시 말했다.

"만약에 병원에 가시면 꼭 연락하세요. 제 손으로 치료를 하고 싶어서 그럽니다. 지금은 말씀대로 하겠습니다. 정말 죄송합니다. 그리고 친구 분도 고맙습니다. 저희는 이만 갈까 합니다."

할아버지는 말을 마치면서 자리에서 일어났다. 할머니는 귀를 물린 아이 볼을 다독여 주었다. 할아버지가 일어나자 모두 자리에서 일어났다. 그리고 밖으로 나왔다. 할아버지가 밖으로 나오자 학교 운동장에서는 이상한 일이 벌어지고 있었다. 흰둥이들이 뛰어 다니고 있었고 뛰어 다니는 흰둥이들을 남자 둘이서 나무막대기를 들고 쫓아다니고 있었다.

흰둥이들은 할아버지를 보기가 무섭게 뛰어오기 시작했다. 그러자 남자들은 할아버지한테 소리 지르며 뛰어오고 있었다.

"할아버지! 잠깐만요."

머리가 벗겨져서 조금밖에 없는 남자가 소리를 지르면서 뛰어왔다. 흰둥이들은 긴 나무때기를 들고 뛰어 온 머리가 벗겨져서 조금밖에 없는 남자를 향해서 사납게 짖어대고 있었다.

할아버지는 흰둥이들의 목을 끌어안았다. 세 마리나 되는 흰둥이들을 할아버지는 힘껏 끌어안았다. 그렇지만 흰둥이들은 사정없이 짖어대기만 했다. 할아버지는 흰둥이들을 끌어안고 쩔쩔맸다. 사납게 생긴 여자와 착하게 생긴 여자는 어쩔 줄 몰라 하고 있었지만 도와 줄 수가 없어서 바라만 보고 있었다.

흰둥이들은 끌어안고 있는 할아버지는 할머니와 선하에게 어서 차에 타라고 말하면서 머리가 벗겨져서 조금밖에 없는 남자를 미안한 눈빛으로 쳐다보고 있었다. 지금 학교에서는 학생들이 열심히 공부를 하고 있는 중인데 이 노릇을 어쩌면 좋을지 몰라서 할아버지는 가슴을 쓸어내리고 있었다. 그러면서 할아버지는 속히 학교를 벗어나려고 차 문을 열었다.

"할아버지! 어서 가세요. 개들을 학교에 데리고 오시면 어떻게 해요? 어서 가세요."

머리가 벗겨져서 조금밖에 없는 남자가 소리쳤다.

"미안합니다. 알았습니다. 그럼 가보겠습니다."

할아버지는 머리가 벗겨져서 조금밖에 없는 남자에게 극구 사과하면서 차 문을 열고 막 타고 있었다.

"잠깐만요!"

그런데 이번에는 다른 남자가 소리를 지르며 달려왔다. 할아버지는 차에 타려다 말고 멈췄다. 흰둥이들은 다시 짖어 대기 시작했다. 잠깐만 기다리라고 소리 지르던 사람은 가까이 오면서 할아버지를 유심히 쳐다봤다. 그러더니 소리 지르고 있었다.

"선생님! 강원도 선생님!"

할아버지에게 선생님이라고 소리치던 사람은 들고 있던 나무때기를 던지며 할아버지 손을 덥석 잡았다. 그러자 할아버지도 앞머리가 심은 것처럼 가운데만 조금 하얀 남자의 손을 덥석 잡았다.

"구청도 선생 아니시오? 어쩐 일이세요?"

할아버지도 앞머리가 심은 것처럼 가운데만 조금 하얀 남자처럼 소리를 질렀다.

"아이고, 이거 선생님을 이렇게 만나다니! 반갑습니다, 선생님!"

앞머리가 심은 것처럼 가운데만 조금 하얀 남자는 할아버지를 뚱그런 눈으로 쳐다보면서 반가워서 어쩔 줄을 몰라 했다.

"교감 선생님, 인사드리세요. 제가 늘 말하던 화백 선생님이십니다."

할아버지와 손을 잡고 있는 앞머리가 심은 것처럼 가운데만 조금 하얀 '구청도'라는 남자는 머리가 벗겨져서 조금밖에 없는 남자보고 교감 선생님이라며 인사드리라고 했다. 그러자 머리가 조금밖에 없는 남자는 허리를 굽히면서 인사를 했다.

"그럼 우리 구청도 선생이 이 학교에?"

할아버지가 눈치를 살피자 교감 선생님이라고 하는 사람이 대뜸 말했다.

"교장 선생님이십니다."

"오! 그러시구나. 허허허."

할아버지는 잡고 있던 손을 흔들어 대며 반가워서 큰 소리로 웃었다.

"강 선생님! 사무실로 들어가시지요."

교장 선생님은 할아버지보고 사무실로 들어가자고 잡은 손을 끌었다. 그러자 흰둥이들이 다시 짖어대기 시작했다.

"구 선생! 아니 참 교장 선생님! 내 잠깐 집에 가서 옷도 갈아입고 우선 이 녀석들을 집에 가두고 와야겠습니다. 급하게 오는 바람에 그만……."

할아버지가 말하자 교장 선생님이 흰둥이들을 보면서 크게 웃기 시작했다.

"허허허허 허허허."

서 쪽 에 서
해 뜨는 마을의 비밀
5

아침에 유치원에서 한 아이가 귀를 물렸다는 보고를 받고 양호실로 갔었다. 양호실에서는 사내아이가 물린 귀를 치료받고 있었다. 그런데 난데없이 학교에 흰둥이들이 있는 것을 보고 그렇지 않아도 학교에서 귀를 물리는 사건이 발생했는데 학교마당에 개들이 있는 것을 보고 기겁을 하고 쫓고 있는 중이었다.

교장 선생님은 그 때문에 그만 웃음이 나오고 있었다.

"그럼 물린 아이가 손잔가요?"

"물린 게 아니고 우리 손녀가 여기 사모님 아들을 물었답니다."

"아, 그렇군요. 허허, 허허허."

교장 선생님은 할아버지 얼굴을 보면서 웃었다. 그러다가 사납게 생긴 여자와 착하게 생긴 여자를 보면서 웃었다. 교장 선생님은 양호실에서 사납게 생긴 여자가 속을 많이 상해하는 것을 보고 귀를 물린 아이 어머니가 사납게 생긴 여자인 줄 알았는데 지금 할아버지가 착하게 생긴 여자를 가리키고 있어서 또 웃음이 나오고 있었다. 어쨌든 교장 선생님은 할아버지를 만나서 기분이 좋아 웃음이 나오고 있었다.

"이러실 게 아니라 교장실로 들어갑시다. 강 화백님께서 다녀오실 거니까 우리는 먼저 들어가 있읍시다. 허허허 허허."

교장 선생님은 사납게 생긴 여자와 착하게 생긴 여자에 손이라도 잡아 끌 것처럼 하고 있었다.

"제가 이놈들을 집에 가두고 올 동안 들어가 계십시오. 내 금세 오겠습니다."

할아버지는 차에 올라탔다 그리고 달리기 시작했다. 횐둥이들과 할아버지의 차는 교문 밖으로 달려 나가고 있었다. 교장 선생님과 교감 선생님 그리고 사납게 생긴 여자와 착하게 생긴 여자는 달려가고 있는 할아버지 차를 보며 얼굴에 가득히 미소를 짓고 있었다.

할머니는 속이 상해 있었다. 사납게 생긴 여자가 못마땅해서 할머니는 속이 상하고 있었다. 할머니는 왜 남의 일에 참견하느냐고 한마디 해주고 싶었는데 이것저것 체면을 생각해서 꾹 참고 있었다. 그래서 할머니는 속이 상했다.

"제 애도 아니면서……."

할머니는 생각할수록 속이 상해서 자꾸만 사납게 생긴 여자를 떠올리고 있었다.

"마술은 왜 하시려고 그래요?"

속이 상한 할머니는 뛰어 오고 있는 횐둥이들을 쳐다보면서 말하고 있었다. 그런데다가 마술까지 한다고 하니 할머니 속은 더욱 상하고 있었다.

"마술, 정말 하실 거예요?"

할머니는 속상한 것을 참지 못해서 다시 묻고 있었다. 그러자 할아버지는 머리 위에 있는 거울로 할머니를 보면서 빙긋이 웃었다. 할머니는 할아버지가 유치원에서 마술을 한다는 것이 못마땅했다. 사납게 생긴 여자한테 봉변을 당한 것을 생각하면 아무것도 해 주고 싶은 생각이 없었다. 그런데 할아버지가 마술을 해 준다고 하니 못마땅하기만 했다.

"물린 자리에서 피도 안 나오고 있는데 호들갑을 떨어대고…… 자기들만 애 키우나?"

할머니 말에 할아버지는 빙긋이 웃기만 했다.

"그만하길 다행이지요. 물린 자리가 심했으면 지금 집에나 갈 수 있겠어요?"

할아버지는 할머니를 달래고 있었다. 할아버지는 할머니가 속상해하는 것을 잘 알고 있다. 그렇지만 속상하다고 그 사람들과 싸울 일이 아니지 않는가. 사납게 생긴 여자가 미워도 어쩔 수 없는 일이라 할아버지는 할머니를 달래고 있었다.

할아버지는 집에 도착하자 옷부터 훌훌 벗기 시작했다. 면도를 하고 세수를 하고 할아버지는 시원하게 씻었다. 할머니는 할아버지가 그만하길 다행이라고 하면서 참으라고 하지만 사납게 생긴 여자한테 말 한마디 못 하고 무시를 당하기만 하고 온 것이 억울하기만 했다. 그 때문에 할아버지가 학교에 간다는 것과 사납게 생긴 여자를 만나는 게 싫기만 했다.

"나 같으면 마술 안 해. 절대로 안 해. 부모뻘 되는 사람한테 눈 뜨고 대들던 것 좀 봐."

할머니는 사납게 생긴 여자가 미워서 속이 타기만 했다.

"마술이란 거 진짜 하세요?"

할머니는 투덜대면서도 할아버지가 마술을 할 줄 아는지가 궁금했다. 그래서 퉁명스럽게 물었다.

"마술요? 하면 하지, 못 할 게 뭐 있어요?"

할아버지가 수건을 걸면서 대답했다. 할아버지의 대답에 할머니는 기분이 야릇해지고 있었다. 할머니는 할아버지가 옷을 입는 것도 도와주고 있었다. 그리고 신장에서 구두를 꺼내서 먼지도 털었다. 할아버지 손에는 커다란 봉투가 들려져 있었다. 그리고 할아버지는 마당 끝에서 흰둥이들에게 따라오면 안 된다고 두 손을 내저었다. 할머니는 흰둥이들을 부르며 할아버지 차가 밖으로 나가는 것을 보고 있었다. 할아버지 차가 멀어지자 흰둥이들은 마당 끝에 앉아서 꼬리를 흔들고 있었다.

할아버지가 교장실 문을 열고 들어섰다.

"하! 강 화백님! 허허허, 어서 이리로 오세요."

교장 선생님은 벌떡 일어나서 할아버지를 옆으로 오게 했다. 사납게 생긴 여자와 착하게 생긴 여자도 벌떡 일어났다. 그리고 할아버지한테서 눈을 떼지 못하고 있었다. 조각으로 된 목걸이와 모자를 자꾸만 보고 있었다.

"이제 본색이 드러나고 있습니다."

교장 선생님이 할아버지를 보면서 말했다. 할아버지는 빙긋이 웃었다. 사납게 생긴 여자와 착하게 생긴 여자는 할아버지한테서 눈을 떼지 못하고 있었다.

할아버지는 봉투를 교장 선생님에게 주었다.

"책이에요, 그림책. 집에 있는 거 가져왔어요. 보실까 해서."

"보실 까라니요. 이 귀한 것을."

교장 선생님은 반색을 하며 봉투를 받고 안에서 책을 꺼냈다. 그리고 궁금한 것을 참지 못하는 사납게 생긴 여자에게 책을 건넸다. 착하게 생긴 여자에게도 책을 건네주었다. 교장 선생님과 사납게 생긴 여자 그리고 착하게 생긴 여자는 한참 동안 미술 책을 보고 있었다. 할아버지는 책을 보는 모습을 보면서 조용하게 앉아 있었다.

문이 열리면서 예쁘게 생긴 여자가 찻잔을 들고 들어와서 할아버지 앞에 내려놓고 있었다. 할아버지는 예쁘게 생긴 여자에게 고맙다고 눈인사를 했다.

"아아, 미술 선생님 책 보세요. 제가 귀하신 분 오신다고 했지요? 이분 이십이다. 강 화백님이십니다. 인사드리세요. 그리고 강 화백님, 우리 학교 미술 선생님이십니다."

교장 선생님은 예쁘게 생긴 미술 선생님을 인사시켰다. 그리고 책을 내밀었다. 예쁘게 생긴 미술 선생님은 책을 받아들고 할아버지에게 인사를 하였다. 할아버지는 인사를 받고 나서 발그스름한 차를 마셨다.

"강 선생님! 아니 강 화백님은 그때나 지금이나 변함없으십니다."

교장 선생님이 나지막한 소리로 할아버지를 향해서 말했다.

"그래요? 고맙습니다."

할아버지도 나지막한 목소리로 교장 선생님을 보면서 말했다.

사납게 생긴 여자는 책장을 넘기면서 얼굴이 붉어지고 있었다. 착하게 생긴 여자는 책장을 넘기고 나서 옷깃을 여미고 있었다. 할아버지는 자꾸만 교장 선생님을 쳐다봤다. 뜻밖에도 만난 교장 선생님이 반가워서 자꾸만 쳐다봤다. 사납게 생긴 여자는 책을 다 보고서도 다시 보고 또 보고 있었다.

"잘 봤습니다. 뵙게 되어 영광입니다."

착하게 생긴 여자가 할아버지한테 말했다.

"별말씀을 다 하십니다. 고맙습니다."

"지금도 열심히 작품 하시나 봐요?"

착하게 생긴 여자가 또 말했다.

"네."

할아버지가 대답했다.

"저희가 모르고 그만 심려를 끼쳐서 죄송합니다."

"아닙니다. 아기 치료나 잘합시다."

"네, 죄송합니다."

착하게 생긴 여자는 다시 사과하고 있었다.

책장을 다 넘긴 예쁘게 생긴 미술 선생님은 할아버지를 쳐다보고 있었다. 그러자 할아버지가 말했다.

"재미없으시죠?"

할아버지는 자신의 그림에 대해서 부끄러워했다.

예쁘게 생긴 미술 선생님은 할아버지 말에 대답을 하지 않고 있었다. 다소곳이 앉아서 할아버지를 보기만 했다. 사납게 생긴 여자와 착하게 생긴 여자 그리고 예쁘게 생긴 미술 선생님은 할아버지 얼굴만 보면서 조용히 앉아 있었다.

"마술을 하신다고요?"

교장 선생님이 뜻밖의 말을 할아버지에게 넌지시 하고 있었다.

"마술요? 허허허."

할아버지는 웃고 말았다.

"유치원에서 하신다면서요?"

"예."

교장 선생님은 대답하고 있는 할아버지 얼굴을 눈을 깜박거리며 쳐다봤다. 교장 선생님은 오랜만에 만난 할아버지가 마술까지 한다는 사실에 놀라움을 금치 못하고 있었다. 할아버지 역시 오랜만에 만난 구청도 선생이 교장 선생님이 되었다는 것이 기쁘기만 했다.

"그럼 그리시다 답답하시면 마술 하시고, 다시 기분이 좋아지시면 슬슬 그리시고……. 상상만 해도 멋있으시고 부럽습니다."

"어쩌다 그리됐습니다. 악전고투 끝에."

할아버지는 마술사가 되기라도 한 것처럼 대수롭지 않게 늘어놓고 있었다.

"허허 허허허. 저에게 몇 가지 가르쳐 주세요. 심심하고 답답할 때 슥슥하며 살게요."

"그러세요. 허허허."

할아버지도 웃고 있었다.

교장 선생님과 할아버지가 흉허물 없이 말을 주고받고 있자 사납게 생긴 여자와 착하게 생긴 여자는 경직되었던 마음이 풀어져 가고 있었다. 농담이면 농담 진담이면 진담을 주고받으며 오랜만에 만난 교장 선생님과 할아버지가 부럽기까지 하였다.

"그러니까 그 마술이라는 거 유치원에서 하신다, 그 말씀이시죠?"

"아마 그런 거 같습니다."

할아버지는 남의 말 하듯이 농담으로 받아넘기고 있었다.

"그럼 제가 나름대로 준비하고 있겠습니다."

"준비하시다니요?"

"허허허 허허."

"허허허 허허."

교장 선생님과 할아버지는 마주 보면서 웃고 있었다.

교장 선생님은 옆에 있는 전화기를 들고 있었다.

"교감 선생님, 잠깐 오세요."

전화기를 내려놓고 교장 선생님은 예쁘게 생긴 미술 선생님과 사납게 생긴 여자와 착하게 생긴 여자를 바라보면서 미소를 짓고 있었다.

교감 선생님이 머리카락이 조금밖에 없는 머리를 반짝이며 들어 왔다. 그리고 교장 선생님을 바라보고 서 있었다.

"앉으세요, 교감 선생님."

교장 선생님은 교감 선생님이 자리에 앉자 중요한 업무 지시할 때처럼 긴장된 얼굴로 말하고 있었다.

"교감 선생님! 우리 학교 이번에 예술제 한번 합시다. 개교한 지 3년이 되었으니."

"개교 기념 예술제요?"

"예."

교장 선생님의 말에 교감 선생님을 비롯해서 모두 교장 선생님을 쳐다봤다.

"그렇게 합시다. 개교 3주년 예술제 합시다. 멋들어지게."

교장 선생님은 확실하고 확고한 결정을 내리고 있었다.

"예술제라면 학생들 학예회 말인가요?"

"물론 학생들 학예회도 해야지요. 그보다는 명화 전시회를 하고 마술 공연 예술제 합시다. 미술 전시회와 마술 대 예술제."

"미술 전시회와 마술 대예술제요?"

"예, 대예술제요."

교장 선생님의 말소리는 희열이 넘치고 있었다. 할아버지는 무슨 소린가 했다. 교장 선생님과 교감 선생님이 하는 이야기를 들으며 무슨 소린가 했다. 미술 전시회와 마술 공연이라면 할아버지를 염두에 두고 하는 말 같아서 무슨 소린가 했다. 그리고 할아버지는 기분이 이상해지고 있었다.

교감 선생님 그리고 사납게 생긴 여자 착하게 생긴 여자는 할아버지를 쳐다보고 있었다. 예쁘게 생긴 미술 선생님도 할아버지를 쳐다보고 있었다. 할아버지는 눈을 심하게 껌벅거리고 있었다.

"개교 예술제를 해서 학생들의 학구력 활성도 시키고 학교를 지역에 부각시켜서 학부모님들과 우대감도 돈독히 할 수 있는 예술제를 합시다. 구체적인 내용은 강 화백님과 상의하면서 하겠습니다. 그리고 오늘 점심을 특별히 준비 좀 해 주십시오. 학생들과 함께할 수 있도록 자리를 준비 좀 해 주세요."

교장 선생님은 단호하게 말했다.

"예, 그렇게 하겠습니다."

교감 선생님이 나갔다.

할아버지는 눈만 껌벅거리고 있었다. 교장 선생님은 아무렇지도 않은 얼굴로 할아버지를 쳐다보고 있었다. 얼굴에는 환희에 찬 미소가 흐르기까지 하고 있었다. 할아버지는 눈만 껌벅거렸다. 마술은 거짓말인데 마술이라니 할아버지는 당황했다. 그리고 학교에서 전시회라니, 이 또한 무슨 일인가. 교장 선생님이 뭘 잘못 알고 있는 모양인데, 이건 아니다. 할아버지는 소스라치고 있었다.

현기증이 나고 있었고 어지러워지고 있었다. 오랜만에 만나서 반가웠는데 이게 웬 일인가. 할아버지는 긴장하고 있었다. 반가운 교장 선생님이 왜 이러는지 의심스러웠다. 할아버지는 벌떡 일어나서 나가고 싶었다. 오랜만에 만나서 반갑기만 했는데 왜 이런 일이 벌어지고 있는지 할아버지는 집으로 가고 싶었다. 물론 교장 선생님이야 말만 들었으니 할아버지가 마술을 하는 것으로 알고 있을 수 있다 그렇지만 예술제라니, 할아버지는 쿵쾅거리는 가슴을 누르고 있었다.

교장 선생님은 예쁘게 생긴 미술 선생님과 사납게 생긴 여자 그리고 착하게 생긴 여자에게 말하고 있었다.

"우리 강 화백님은 젊으셨을 때 항상 1등이셨습니다. 무엇이든지 척척 해 내시는 1등이셨습니다. 그런 분을 이렇게 다시 만나다니 기적입니다. 기적."

교장 선생님은 할아버지를 다시 만난 것을 기적이라고 말하면서 절호의 기회를 잡은 듯이 자랑을 늘어놓고 있었다.

"1등만이 아니셨습니다. 그보다도 항상 모범이셨습니다. 모든 것에서 항상 앞서가 계시는 모범이셨습니다. 그래서 모두 질투가 심했습니다. 허허허허. 강 화백님! 그렇지 않습니까?"

교장 선생님은 열심히 할아버지를 자랑했다.

서쪽에서
해 뜨는 마을의 비밀
6

고장 선생님은 할아버지가 기회이고 기적이기만 했다. 천사를 만난 것만 같았다.

"저, 할아버지? 아이고, 이를 어째, 화가 선생님 할아버지! 예술제 하실 때 제가 조수 할게요. 저 그런 거 잘해요. 멋있게 도와드릴게요. 여기 친구랑요."

사납게 생긴 여자는 한술 더 뜨고 있었다. 할아버지는 왜들 이러는 건가, 하고 쿵쾅거리는 가슴을 어찌할 줄을 모르고 있었다. 아닌 밤중에 홍두깨라더니 지금 이게 바로 홍두깨라는 거구나 하고 할아버지는 눈을 감았다.

"아무것도 걱정하지 마세요. 저희 그런 것 1등이에요, 1등."

사납게 생긴 여자는 호들갑을 떨기까지 하고 있다.

"예."

할아버지는 대답했다. 유치원 선생님한테 대답할 때처럼 대답했다.

"그러실 줄 알았어요. 훌륭하신 분 보려고 사람들이 말도 못 하게 몰려 올 거예요."

사납게 생긴 여자는 수다스럽기까지 했다 .

"학생들은 전시회 갈 기회가 없잖아요. 공부하느라고. 공부하는 게 제일 바쁘잖아요. 그런데 얼마나 좋겠어요. 유명하신 분 작품 전시회를 앉아서 볼 수 있는데다가 마술까지 몽땅 볼 수 있으니 복이 넝쿨째 굴러 들어왔지요. 그때 저희가 도와드리는 거예요."

사납게 생긴 여자는 할아버지가 대답을 했기 때문에 이제는 맘 놓고 하고 싶은 말을 하고 있었다. 할아버지는 정신을 차리려고 연실 눈을 껌벅거리고 있었다.

할아버지는 눈을 껌벅거리며 생각했다. 우유부단한 성격 때문에 남들이 오해하는 것을 막지 못하고 있는 자신을 생각했다. 그리고 탓하고 있었다.

예쁘게 생긴 미술 선생님은 자신이 화가이기 때문에 할아버지 심정을 이해하고 있었다. 할아버지가 지금 무척 힘들어하고 있다는 것을 눈치로 알고 있었다.

"전시회, 아이들이 좋아할 거예요."

예쁘게 생긴 미술 선생님은 할아버지 마음을 위로하고 있었다.

"저도 도와드리겠습니다."

착하게 생긴 여자도 예쁘게 생긴 미술 선생님처럼 할아버지를 위로하고 있었다.

"네."

할아버지는 대답했다.

할아버지는 시간이 갈수록 긴장이 심해지고 있었다. 손바닥에서 땀이 나고 있었다. 그런가 하면 등줄기가 서늘했다. 등줄기에서 식은땀이 흐르고 있었다. 눕고 싶었다. 어서 집으로 가서 편안하게 눕고만 싶었다.

"강 화백님! 여기서 이럴 게 아니라 식사하러 갑시다."

교장 선생님은 할아버지 손을 잡아끌었다. 그리고 사납게 생긴 여자보고도 착하게 생긴 여자보고도 일어나라고 했다. 예쁘게 생긴 미술 선생님은 할아버지 곁으로 왔다. 할아버지는 혹시 비척거리지나 않을까 해서 조심히 걸었다. 그리고 할아버지는 생각했다. 끝까지 용기를 잃지 말자고.

교장 선생님은 앞에서 부지런히 걷고 있었다. 할아버지도 예쁘게 생긴 미술 선생님과 나란히 걸어가고 있었다.

식당이 가까워지면서 할아버지 눈에는 무지갯빛으로 칠해진 식탁들이 들어오고 있는 것이 보였다.

교장 선생님은 할아버지를 안으로 안내하고 있었다. 할아버지는 교장 선생님이 안내하는 대로 움직였다. 그리고 학생들을 바라봤다. 학생들을 바라보면서 할아버지 얼굴은 백지장처럼 변해가기만 했다

학생들은 줄을 서서 들어오고 있었고 식탁마다 가득히 앉았다. 교장 선생님은 자리에서 일어나 학생들을 향해서 손뼉을 치기 시작했다. 학생들은 손뼉을 치고 있는 교장 선생님을 쳐다봤다. 그러자 교장 선생님은 학생들을 향해서 큰 소리로 말하기 시작했다.

"모두 잘 들어라. 우리 학교에서 예술제를 한다. 여기 계신 할아버지는 서양화가이시다. 우리 학교에서 할아버지 그림 전시회를 하실 거다. 그리고 너희들, 마술이라는 거 다 알지? 그 마술도 하실 거다. 그러니 모두 할아버지 화가님께 환영의 인사를 드리자."

학생들은 교장 선생님의 말이 끝나자 '와!' 하고 소리를 질렀다. 그리고 할아버지를 향해서 손뼉을 쳤다. 할아버지는 학생들에게 손을 흔들었다. 할아버지가 그림도 전시하고 마술까지 한다는 말에 학생들은 소리를 질렀다. 할아버지를 향해 두 손을 들고 흔들기도 했다. 그렇지만 할아버지는 학생들을 향해서 손을 흔들기는 흔들어도 힘없이 흔들고 있었다. 그러다가 갑자기 두 손을 힘차게 흔들고 있었다. 할아버지는 학생들에게 힘없는 모습을 보이고 싶지 않아서 두 손에 힘을 주고 흔들었다.

교장 선생님은 학생들을 향해서 다시 손뼉을 치면서 큰 소리로 말하고 있었다.

"자자! 자, 이제 조용히 하고 점심을 먹도록 하자. 지금 내가 하느님께 기도를 하겠다. 그러니 모두 눈을 감아라."

교장 선생님은 학생들이 조용해지자 큰 소리로 기도하기 시작했다.

"하느님! 우리 학교 학생들이 이제 점심을 먹겠습니다. 안녕초등학교 학생으로서 공부도 잘하고 튼튼하고 무럭무럭 자라서 대한민국의 큰 일꾼들이 되어 훌륭한 일을 많이 하는 사람들이 되게 하여 주십시오. 아멘. 자, 이제 점심 먹자. 식사 시작!"

교장 선생님의 식사 시작 소리가 들리자 학생들은 모두 점심을 먹기 시작했다. 할아버지는 식사를 하는 학생들을 바라보고 있었다. 그리고 평소처럼 밝은 표정을 하려고 입가에 미소를 짓고 있었다. 할아버지가 밝은 표정을 하고 미소를 짓고 있으니까 교장 선생님이 옆으로 몸을 기울이며 할아버지 귀에다가 속삭이고 있었다.

"허허허허 허허허허 허허허허."

할아버지는 별안간에 소리 내며 웃기 시작했다. 할아버지는 교장 선생님의 얼굴을 쳐다보면서 웃고 있었다. 사납게 생긴 여자와 착하게 생긴 여자는 할아버지가 웃고 있자 숟가락을 들고 무슨 일인지 몰라서 가만히 쳐다보고 있었다. 교장 선생님이 할아버지한테 무슨 말을 하였기에 별안간에 할아버지가 웃은 걸까 하고 쳐다봤다. 할아버지는 소리 내며 웃고 있었다. 할아버지는 웃음을 참지 못하고 웃고 있었다. 사납게 생긴 여자와 착하게 생긴 여자는 웃고 있는 할아버지를 보면서 덩달아서 빙긋이 웃고 있었다.

교장 선생님은 식사를 하고 있었다. 교장 선생님은 할아버지가 웃고 있어도 모른 척하고 식사를 하고 있었다. 교장 선생님은 식사를 하면서 앞에만 조금 심은 것처럼 하얀 머리를 살짝살짝 만지면서 목을 앞으로 쑥 내밀기도 하면서 식사를 하고 있었다. 교장 선생님이 하얀 머리를 살짝 살짝 만지며 목을 앞으로 빼는 것을 보면서 할아버지는 더욱 웃음을 참지 못하고 있었다. 사납게 생긴 여자와 착하게 생긴 여자 그리고 교감 선생님은 식사를 하지 못하고 눈치만 보고 있었다.

그러자 할아버지가 손을 내저으며 말했다.

"별거 아닙니다. 식사들 하세요. 흐흐흐 흐."

할아버지는 웃음 때문에 말도 제대로 못하고 있었다.

사납게 생긴 여자는 할아버지보다 교장 선생님을 더 많이 쳐다보고 있었다. 교장 선생님이 뭐라고 속삭였기에 할아버지가 저렇게 웃고 있는지 궁금하기만 했다. 그래서 사납게 생긴 여자는 교장 선생님을 쳐다보고 있었다.

교장 선생님은 사납게 생긴 여자와 착하게 생긴 여자가 쳐다보고 있어도 앞에만 조금 하얀 머리를 만지며 목을 앞으로 내밀었다 디밀었다

하면서 식사를 하고 있었다. 할아버지는 그럴 때마다 더욱 웃고 있었다. 교장 선생님이 목을 앞으로 내밀었다가 디밀었다가 하는 것이 무엇이 우스운지 할아버지는 웃음을 참지 못하고 있었다. 할아버지가 웃음을 참지 못하고 있는 것을 보면서 교장 선생님은 여전히 목을 살짝 앞으로 내밀다가 뒤로 살짝 디밀다가 하고 있었다. 그런데다가 갑자기 교장 선생님이 할아버지 귀에다가 대고 무슨 말까지 하고 있었다.

"비밀입니다."

"이? 비밀? 그려요, 그려. 허허허 허허 허허허."

할아버지는 비밀이라는 말에 웃음이 폭발하고 있었다.

교장 선생님은 앞에만 조금 하얀 머리를 만지면서 여전히 고개를 앞으로 내밀었다 그리고 뒤로 살짝 디밀었다. 할아버지는 웃음을 참을 수가 없어서 고개를 젓고 있었다.

"비밀입니다."

교장 선생님은 미안한 기색도 없이 식사를 하면서 비밀이란 말을 강조하고 있었다. 할아버지가 쉬지 않고 웃고 있는 것을 보고 학생들이 쳐다봤다.

"저 화가 선생님, 왜 그러세요?"

사납게 생긴 여자가 참을 수가 없어서 측은한 얼굴을 하고 말했다.

"저 화가 할아버지…… 학생들이 무슨 일 난 줄 알고 쳐다보고 있어요. 교감 선생님도 식사를 못 하고 계십니다. 뭔지 모르지만 비밀 때문에 그러시잖아요. 그 비밀이 뭐예요?"

사납게 생긴 여자는 이제 참을 수가 없는지 따지는 얼굴을 하고 있었다.

"미안합니다. 식사들 합시다. 별거 아닙니다."

"별거 아니신데 왜 웃으세요? 비밀 때문에 그런 것 같은데요?"

사납게 생긴 여자의 얼굴이 변하고 있었다.

서쪽에서
해 뜨는 마을의 비밀
7

할아버지는 숟가락을 들었다. 그렇지만 밥을 뜨지를 못하고 있었다. 사납게 생긴 여자가 학생들이 보고 있다고 하면서 유치원에서 따질 때처럼 사나운 얼굴을 하고 있어서 웃음은 그쳤지만 밥은 먹을 수가 없었다. 웃음을 그치고 학생들을 보고 있자니 마술이 떠오르고 있었다. 마술이 떠오르자 가슴이 다시 쿵쾅거리고 소름이 끼치고 현기증까지 나고 있었다.

할아버지는 긴장되는 마음을 참느라고 어깨에 힘을 주기도 하고 물을 한 모금 마셨다. 그렇지만 마술이 머릿속에서 떠나지 않고 있었다. 현실이 현실인 만큼 피할 수 없지 않는가. 웃음은 그쳤지만 웃음보다 더 할아버지를 어쩔 수 없게 만드는 마술이 머릿속에서 떠나지 않고 있었다.

"허허 허허허."

그런데 할아버지가 갑자기 다시 웃었다.

"허허허허."

할아버지는 웃고 있었다. 마술 때문에 마음고생이 너무 심해서 웃고 있었다. 마음고생이 심해서 허탈해지고 있었다. 허탈해지고 있는 할아버지는 웃음이 저절로 나오고 있었다. 마술을 생각하면 기가 막혀서 할아버지는 허탈해지고 만다. 할아버지는 웃고 있었다. 그러다가 들고 있던 젓가락으로 손등을 두드렸다.

톡톡 톡 톡톡 톡.

할아버지는 손등을 두드렸다. 아무것도 생각하고 싶지 않아서 손등을 두드리고 있었다.

"흐흐흐흐흐흐."

교장 선생님이 웃고 있었다. 할아버지가 손등을 '톡톡 톡' 하고 두드리는 것을 보면서 교장 선생님이 웃고 있었다. 할아버지는 눈이 둥그레졌다. 교장 선생님이 '톡톡 톡' 두드리는 손등을 보면서 웃고 있어서 눈이 둥그레졌다. 할아버지는 손등을 더욱 두드렸다. 교장 선생님이 왜 웃는지 알아차린 할아버지는 본격적으로 손등을 두드리기 시작했다. 교장 선생님을 똑바로 쳐다보면서 손등을 두드려대기 시작했다.

"흐흐흐 흐흐흐 흐흐흐."

학생들은 식사를 하다 말고 교장 선생님을 쳐다봤다. 웃고 있는 교장 선생님을 쳐다봤다 할아버지는 손등을 두드리고 있고 교장 선생님은 웃고 있다 학생들은 할아버지를 쳐다보다가 교장 선생님을 쳐다보다가 이상한 기분이 들기 시작했다 할아버지가 웃다가 교장 선생님이 웃는 것을 보고 이상한 기분이 나기 시작했다

순서를 바꿔가면서 웃고 있는 광경을 보면서 학생들은 이상한 기분이 들고 있었다.

무엇 보다고 할아버지가 손등을 젓가락으로 두드리고 있는 것을 보

면서 웃고 있는 교장 선생님이 이상해서 쳐다보고 있었다.

학생들은 차츰 알 수 없는 기분에 할아버지와 교장 선생님을 쳐다보기 시작했다. 점심을 먹다말고 할아버지와 교장 선생님이 웃고 있는 것을 보고 뭔가 이상하기만 해서 쳐다보고 있었다.

교감 선생님을 비롯해서 모든 선생님들 그리고 사납게 생긴 여자와 착하게 생긴 여자는 할아버지와 교장 선생님이 오랜만에 만났기 때문에 반가워서 장난하고 있다고 보고 있었다.

그렇지만 식사를 하다 말고 웃기만 하는 것이 오랜만에 만나서 그러는 것 같지도 않았다. 반가워서 장난을 하다가 비밀이라는 것을 만들고 식사도 안하고 웃기만 한다는 것이 좋은 것만 같지가 않았다.

할아버지는 젓가락으로 손등을 두드리고 있고, 교장 선생님은 두드리는 손등을 보고 웃고 있고, 학생들은 쳐다보고 있고 교감 선생님과 사납게 생긴 여자 그리고 착하게 생긴 여자는 밥을 먹는 둥 마는 둥 숟가락을 들었다 놨다 하고 있었다.

학생들은 흥미에 빠져들어 가고 있었다. 교장 선생님이 할아버지를 소개할 때 화가이면서 마술을 하는 마술사라고 했기 때문에 흥미를 느끼면서 관심을 갖기 시작했다. 할아버지는 마술사라 젓가락으로 손등을 두드리고 있는 것이고, 그에 따라서 교장 선생님은 자연스럽게 웃고 있다고 흥미를 느끼고 있었다.

학생들은 이제 마술을 보듯이 보기 시작했다. 지금 할아버지가 젓가락으로 손등을 두드리는 것은 마술이라고 보고 있었다. 학생들은 할아버지를 뚫어지게 쳐다보기 시작했다. 교장 선생님이 웃고 있는 것도 마술이기 때문에 뚫어지게 보기 시작했다.

사납게 생긴 여자와 착하게 생긴 여자 그리고 교감 선생님은 식사는 고사하고 자리에서 일어나지도 못하고 있었다. 비밀이라고 했으니 알 수는 없고, 손등을 두드리고 있는 것을 말릴 수도 없고, 이러지도 저러지도 못하고 눈치만 살피고 있었다.

"왜 그러세요? 손등은 왜 두드리세요?"

참다못해 사납게 생긴 여자가 보고만 있을 수 없어서 아까처럼 따지고 들었다.

"말로 해 보세요. 할 말은 말로 하셔야 해요. 손등을 왜 두드리세요? 이것도 비밀이에요?"

사납게 생긴 여자는 할아버지 눈을 들여다보면서 묻고 있었다. 교장 선생님과 할아버지가 번갈아 가면서 비밀을 걸고 있는 바람에 정신을 차릴 수가 없어서 귀신에 홀린 것만 같았다. 사납게 생긴 여자는 무조건 말려야 한다고 생각했다.

그렇지만 학생들은 마술을 보고 있는 중이다. 교장 선생님이 웃고 있는 특별한 마술을 보고 있는 중이다. 꼼짝도 않고 앉아서 손등을 두드리고 있는 할아버지와 그 손등을 두드리는 대로 웃고 있는 교장 선생님을 눈도 깜박거리지 않고 보고 있는 중이다. 떠드는 학생들도 없다. 쥐 죽은 듯이 학생들은 조용하게 앉아서 보고 있다.

교장 선생님이 웃고 있고 할아버지가 젓가락으로 손등을 두드리는 것은 말하나 마나 틀림없는 마술 때문이라고 학생들은 확실하게 믿기 시작했다. 장난이라면 손등을 두드리는 것을 가지고 교장 선생님이 웃을 턱이 없다. 그리고 할아버지가 뭐 하러 손등을 두드리겠는가. 이제 무슨 일이 벌어져도 특별한 일이 벌어질 것이라고 믿으며 학생들은 기다리기 시작했다. 어쩌면 기적이 일어날지도 모른다는 생각들을 하면서 숨죽이고 있었다.

"그럼 저러다가 교장 선생님이 어떻게 되는 거야?"

"마술이라면 틀림없이 사라질 거야."

"사라져?"

학생들은 수군거리기 시작했다.

"가만히 보기만 하면 되는 거야?"

"그래, 가만히 보고 있으면 돼. 교장 선생님이 마술에 걸렸으니까."

"조용히 해."

학생들은 긴장을 하고 있었다.

학생들의 눈은 점점 똥그래지고 있었다. 숨소리도 참고 있었다.

"저거 봐. 교장 선생님이 점점 더 크게 웃고 있어."

"조용히 해."

"마술 보려면 가만히 있어."

여기저기서 학생들은 생각나는 대로 수군거리고 있었다. 그리고 학생들은 조금 있으면 벌어질 기상천외한 마술을 상상하고 있었다. 교장 선생님이 흔적도 없이 사라지는 상상을 하면서 숨죽이고 있었다.

"마술 맞는 거지?"

누군가 또 말했다.

"할아버지가 마술사니까 마술이지 뭐야."

"왜 저렇게 웃기만 해?"

"저 마술은 웃는 건가 봐. 손오공이 요술 부릴 때 주문을 외우잖아. 그런 걸 거야."

"주문하는 거?"

"그래, 지금 주문하는 걸 거야."

"쉿!"

학생들은 다시 조용해졌다. 교장 선생님은 눈을 뜨지도 못하고 웃고 있었다. 어떤 때는 웃음소리가 학생들 귀에까지 들렸다.

"웃는 지 오래 됐잖아. 웃기만 하는 마술이야?"

누군가 또 말했다.

"더 있어야 되나 봐."

누군가 또 말했다.

"마술이면 왜 꼼짝 않고 웃기만 해? 최면술 아냐?"

"할아버지는 마술사잖아. 조용히 좀 해."

학생들은 다시 조용해졌다. 그리고 사납게 생긴 여자가 할아버지한 테 뭐라고 말하는 것을 보면서 저 아줌마가 왜 저러나 하고 걱정도 하고 있었다. 사납게 생긴 여자가 할아버지한테 말을 할 때마다 학생들은 불안하기까지 했다. 저러다가 방해가 되기라도 한다면 마술은 끝장나고 말 거라는 생각도 들었다.

할아버지는 열심히 손등을 두드리고 있었다. 교장 선생님은 두드리는 대로 웃고 있었다. 학생들은 숨소리를 죽이고 있었다. 기가 막힌 일이 벌어질 것을 상상하면서 숨소리를 죽이고 있었다. 눈을 뜨지도 못하면서 웃고 있는 교장 선생님을 학생들은 숨소리를 죽이고 보고 있었다. 젓가락으로 손등을 두드리는 할아버지를 학생들은 보고 있었다.

"이런 마술 처음 봐."

"마술 봤어? 마술이 얼마나 많은데……."

"텔레비전에서 하는 거 봤어."

"텔레비전에서 하는 건 나도 봤어. 지금 이건 실제로 하는 거잖아. 그러니까 가만히 있어 봐."

"왜 저렇게 오래 걸려?"

"언제 마술이 되는 거지?"

학생들은 귓속말을 주고받으며 텔레비전에서 본 마술하고 비교도 하고 있었다.

사납게 생긴 여자는 참을 수가 없었다. 말을 해도 들은 척도 않는데다가 이해를 하는 것도 한계가 있는 법이라 이제 더 이상 참거나 두고 본다는 것은 교장 선생님이나 할아버지를 위해서 할 도리가 아니라고 생각했다. 그리고 모든 사람들을 위해서라도 참고 있어서는 안 되겠다고 생각했다. 그래서 사납게 생긴 여자는 손등 두드리는 것부터 막아야겠다고 생각했다.

사납게 생긴 여자는 곰곰이 생각을 하고 있었다. 귓속말로 비밀을 정하고 그다음에는 손등을 두드리고 아무것도 아닌 것만 같지만 심각한 일이라고 생각했다. 할아버지와 교장 선생님은 시간이 가도 멈출 생각을 하지 않고 있으니 심각한 일이라고 보기 시작했다. 사납게 생긴 여자는 할아버지 손을 잡을까 말까 하면서 할아버지 눈치를 보고 있었다.

학생들 또한 이상한 생각이 들기 시작했다.

"마술이 이상해."

"마술이니까 이상하지."

"이상할수록 재미있는 거야."

"장난하는 것만 같아."

"지금 저건 장난 아냐. 그리고 할아버지가 왜 장난을 해? 마술이 맞으니까 두고 봐."

시간이 지나고 있어도 아무런 일이 일어나지 않자 학생들은 수군거리고 의심이 들고 있었다.

"저 할아버지가 마술 한다고 했잖아. 할아버지는 두드리는 마술 하는 거야?"

"마술이 여러 가지라고 했잖아. 최면술을 거는 마술도 있어."

"그럼 무섭겠다. 교장 선생님이 최면까지 걸리면."

"손등만 두드리는 걸 보면 틀림없어."

"그러니까 교장 선생님이 안개처럼 사라질지도 몰라."

학생들은 쉬쉬하면서도 쑤군거리고 있었다. 학생들은 확실히 교장 선생님이 마술에 걸려든 것이라고 믿고 있었다. 안개처럼 사라질지도 모른다는 생각도 하고 있었다. 학생들은 쑤군거리면서도 긴장을 놓지 않고 있었다. 학생들은 교장 선생님이 최면에 걸려서 혼을 빼앗기든지 마술에 걸려서 사라지든지 무슨 일이 일어나기는 반드시 일어나고 말 거라고 믿으면서 빨리 무슨 일이든 일어나기만을 기다리고 있었다. 어떤 학생은 긴장이 너무 되고 있는 나머지 진저리까지 치고 있었고, 소름이 끼치고 있어서 몸을 떨고 있는 학생도 있었다. 그러면서 어쩌면 상상도 하지 못할 일이 벌어질지도 모른다는 생각을 떨치지 못하고 있었다.

교장 선생님은 점점 더 웃고 있었다. 할아버지는 할아버지대로 손등을 점점 빨리 두드려 대고 있었다. 숨죽이고 보고 있는 학생들 또한 더욱 긴장의 끈을 놓지 못하고 있었다. 학생들은 침을 삼키면서 교장 선생님을 쳐다보고 있었다.

"그런데 교장 선생님이 사라지거나 혼을 뺏기게 되면 우리 학교는 어떻게 되는 거야?"

"조용히 해. 지금 그게 문제가 아냐."

"저러다 잘못되기라도 하면 우리 학교 큰일이잖아."

"마술 못 봤어? 칼로 찔러도 나중에는 괜찮잖아."

학생들은 긴장이 되고 있어서 말들을 빨리 하고 있었다. 어떤 학생은 눈을 감고 있었다.

"사람이 사라지거나 기차가 사라질 때 보면 천으로 가리고 하잖아. 그런데 저 할아버지는 손등만 두드리잖아."

"아무 소리 좀 하지 마. 그러니까 요술일지 모른다고 했잖아."

학생들은 다시 숨을 죽이고 있었다. 손바닥에 있는 카드가 순식간에 없어지기도 하고 다른 것으로 바뀌고 금방 새로 변하고 하는 마술을 학생들은 상상하고 있었다. 이제 교장 선생님이 그렇게 변할 것을 상상하면서 학생들은 교장 선생님한테서 눈을 떼지 못하고 있었다.

사납게 생긴 여자도 할아버지 손등에서 눈을 떼지 않고 있었다. 더는 참았다가는 큰일이 날 것만 같아서 비밀이든 말든 말릴 것만 생각하고 있었다. 그 비밀이란 것을 알아낼 수만 있다면 아무런 문제가 아닌데 꼭꼭 숨기고 손등만 두드리고 있으니 속이 상하고 있었다. 예술제를 한다고 학생들한테 말해놓고서는 학생들이 지금 눈을 동그랗게 뜨고 모두 쳐다보고 있는데 할아버지는 손등을 두드리고 있고, 교장 선생님은 웃고 있으니 체면은 물론이고 입장이 이만저만 난처한 게 아니다.

할아버지 손등이 빨갛게 변하고 있었다. 그래도 할아버지는 멈추지 않고 두드려대고 있다.

톡 톡 톡 톡, 톡 톡 톡 톡.

사납게 생긴 여자는 할아버지 얼굴을 뚫어지게 보기 시작했다. 손등이 빨갛게 부어오르고 있는데도 두드리고 있어서 이거 큰일이라고 생각하고 무슨 일이 있어도 말려야 한다고 생각했다. 사납게 생긴 여자는 할아버지 얼굴을 뚫어져라 보고 있었다. 할아버지 얼굴을 뚫어지게 보고 있던 사납게 생긴 여자는 소리를 지르면서 빨갛게 부어오른 할아버지 손등 위에 자기 손을 덥석 올려놓았다.

"고만! 고만! 고만! 알았어요. 알았으니까 고만하세요."

할아버지는 기겁을 하고 들고 있는 손을 멈췄다.

"고만하세요! 알았으니까 고만하세요. 호호호호."

사납게 생긴 여자는 애교가 철철 넘치는 웃음을 웃고 있었다. 할아버지의 빨갛게 부어오른 손등에 자기 손을 올려놓고 웃고 있었다. 교장 선생님이 웃음을 뚝 그쳤다.

"아무것도 아닌 것을 몰랐잖아요. 간단한 것을. 호호호 호호."

사납게 생긴 여자는 애교가 철철 넘치고 있었다. 할아버지가 아직도 손을 높이 든 채 사납게 생긴 여자 얼굴을 쳐다봤다.

"호호호호. 목탁 두드리는 거 하신 거죠? 호호호호."

순간 '와아!' 하는 소리가 한꺼번에 터지고 있었다. 학생들이 소리를 지르고 있었다. 학생들은 모두 고개를 떨어트리면서 소리를 지르고 있었다.

서 쪽 에 서
해 뜨는 마을의 비밀
8

학생들은 망했다, 망했다, 하는 소리를 하고 있었다. 교장 선생님
이 사르르 사라지는 것을 보려고 꼼짝을 안 하고 숨을 참아가
면서 기다리고 있었는데 이럴 수가 있느냐고 소리를 지르면서 얼굴이
하얗게 변하고 있었다. 사납게 생긴 여자 때문에 망쳤다고 하면서 소리
들을 지르고 있었다. 학생들은 비틀거리면서 밖으로 나가고 있었다. 뛰
어나가는 학생도 있었고 벌떡 일어났다가 털썩 주저앉은 학생도 있었
다. 어떤 학생은 실망감이 너무나 커서 몸에 힘이 다 빠지는 바람에 비
틀거리고 있었다. 마술에 막 걸리려는 순간에 그만 잘못되고 말았다고
비틀거리고 있었다.

젓가락을 높이 들고 있는 할아버지를 쳐다보면서 학생들은 크나큰
실망들을 하고 있었다. 한 번만 더 탁! 하고 치기만 했으면 그 순간 교
장 선생님이 사라지는 것을 볼 수 있었는데 사납게 생긴 여자가 망쳐놓
고 말았다고 가슴을 퍽퍽 쳐대면서 어쩔 줄을 모르고 있었다. 교장 선
생님이 사라지는 마술은 어쩌면 영영 볼 수 없을 거라는 생각에 학생
들은 한숨을 푹푹 쉬고 있었다. 교실로 갈 생각을 못 하고 있는 학생들

은 의자에 주저앉아서 천장만 보고 있었다.

할아버지는 자기 손등에 사납게 생긴 여자가 손을 얹고 있는 것을 보면서 미소를 짓고 있었다. 그러다가 할아버지는 소리 내며 웃기 시작했다.

"허허 허허허 허허……."

"허허 허 허 허 허허허……."

교장 선생님도 웃고 있었다. 교장 선생님의 웃음소리가 나자 학생들은 모두 교장 선생님을 쳐다봤다. 그러나 다시 고개들을 떨어트리고 있었다. 할아버지도 사납게 생긴 여자도 웃고 있는 것을 보게 된 학생들은 터덜터덜 걸으며 교실로 가고 있었다. 다음에 꼭 볼 수 있을 거라고 생각하면서 가고 있었다. 학생들은 모두 갔다.

사납게 생긴 여자는 빨갛게 부어오른 할아버지 손등을 어루만지면서 얼마나 아플까 하는 생각을 하고 있었다. 그리고 비밀을 푼 생각을 하면서 웃고 있었다. 할아버지는 사납게 생긴 여자 얼굴을 쳐다보며 웃고 있었다.

"맞지요? 목탁 치는 거 하신 거요?"

사납게 생긴 여자는 목탁이 비밀이라고 말하면서 빨갛게 부어오른 할아버지 손등에 손을 살포시 얹어 놓은 채 가만히 있었다.

"목탁이 비밀이라고 말 안 했습니다."

"그 말이 그 말이잖아요."

"허허 허 허허 허."

할아버지는 사납게 생긴 여자를 보면서 웃고 있었다. 능글맞게 시치미를 떼고 있던 할아버지와 교장 선생님, 사납게 생긴 여자와 착하게 생긴 여자는 할아버지와 교장 선생님을 쳐다보면서 크게 웃고 있었다.

"이제 차 한 잔 하면서 얘기해요."

사납게 생긴 여자는 멀리 선생님들과 앉아 식사를 하던 예쁘게 생긴 미술 선생님을 보면서 말했다. 그러자 예쁘게 생긴 미술 선생님은 주방에서 차를 가지고 왔다.

착하게 생긴 여자도 사납게 생긴 여자가 주무르고 있는 할아버지의 빨간 손등을 보고 있었다. 교감 선생님도 보고 있었다. 할아버지는 빨갛게 부어오른 손등을 만져주고 있는 사납게 생긴 여자가 좋아졌다. 손등의 아픔도 느끼지 못하고 있었다. 그리고 속으로 사납게 생긴 여자를 칭찬하고 있었다. 남의 일에 참견하기를 좋아하는 성격이기는 하여도 남의 아픈 것을 자기 아픔처럼 생각하고 돌봐주는 것은 선량한 성품일 수밖에 없다고 생각하면서 칭찬하고 있었다.

유치원에서 귀를 물린 아이가 아프기 때문에 할아버지한테 따지던 것도 선량한 성품 때문이라고 하면서 지금도 할아버지가 아프니까 아픈 곳을 어루만져 주고 있는 것을 보고서 할아버지는 사납게 생긴 여자의 마음을 칭찬하고 있었다. 그리고 빨갛게 부어오른 곳을 만져주고 있는 사납게 생긴 여자의 손을 가만히 두고 있었다.

"교장 선생님! 예술제 얘기 좀 들어 봅시다."

교장 선생님을 보면서 할아버지는 묻고 있었다. 미술만 생각하면 숨이 막히지만 그렇다고 아무것도 모르고 있을 수 없어서 묻고 있었다. 교장 선생님 입가에 미소가 담기기 시작했다. 할아버지의 빨갛게 부어오른 손등만 보고 있던 교장 선생님은 입을 열기 시작했다.

"미술 할 무대를 운동장에 짓고 전시회는 체육관에서 하면 됩니다. 창문을 가리고 그림을 걸 수 있도록 시설을 하고서."

할아버지는 교장 선생님 말을 듣고 나서 고개를 *끄떡끄떡* 했다.

"전시회는 경비를 철저하게 하고 학생들에게도 주의사항을 철저히 교육하겠습니다."

교감 선생님도 말했다.

모두 예쁘게 생긴 미술 선생님이 따라 놓은 차를 마시고 비밀 이야기를 하면서 크게 웃고 있었다. 교장 선생님은 불교이지만 학생들에게 식사시작을 하자고 목탁을 두드릴 수 없지 않겠느냐는 말에 할아버지는 웃음을 참지 못했었다

할아버지는 생각했다. 무대와 전시장시설을 꾸미겠다는 교장 선생님의 계획을 들으면서도 할아버지는 생각했다. 예쁘게 생긴 미술 선생님이 양호실에서 약을 가지고 와서 아픈 손등에 바르고 있어도 할아버지는 생각했다. 할아버지는 마술 때문에 숨이 막히고 가슴이 터질 것 같았지만 내색을 하지 않으려고 입가에 미소를 짓고 있었다.

"저희가 열심히 도울게요. 마술 조수하면서요. 전시장에도 저희가 지킬게요."

사납게 생긴 여자가 약을 바른 할아버지 손등을 만지며 말했다.

"고맙습니다."

사납게 생긴 여자에게 대답을 하고 난 할아버지는 교장 선생님과 교감 선생님한테 말했다.

"저도 준비가 되는 대로 말씀드리겠습니다."

할아버지는 이제 어떻게 하면 좋단 말인가 하고 가슴속으로는 비명을 지르고 있었지만 어금니를 꽉 물고 말했다.

"그렇게 하지요. 준비하고 있겠습니다."

할아버지는 교장 선생님의 말을 들으며 자리에서 일어났다.

할아버지는 밖으로 나왔다. 태양 빛이 이글거리는 속에서 할아버지는 차가 있는 곳으로 가고 있었다. 할아버지는 차창 밖으로 손을 흔들면서 학교를 떠나고 있었다. 사납게 생긴 여자와 착하게 생긴 여자도 차를 몰고 집으로 가고 있었다.

"왜들 그러세요?"

교무실에 들어선 교감 선생님은 몸을 이리저리 살피고 있었다. 선생님들이 쳐다보고 있는 바람에 교감 선생님은 몸에 뭐가 묻었나. 살피고 있었다.

"뭐 묻었어요? 쑥스럽게 왜들 그러세요?"

"교감 선생님 몸에 뭐가 묻은 게 아니고요, 교장 선생님과 화가 분 때문에 그래요."

"네에."

교감 선생님은 빙긋이 웃었다.

"그분 처음 뵙는데 화가분이 이 동네에 계신지 몰랐어요."

교감 선생님을 보면서 앞에 있는 선생님이 말했다.

"저도 그래요."

"저도 그렇습니다."

교장 선생님이 문 앞에서 말하고 있었다. 그리고 교장 선생님은 모든 선생님들을 향해서 말하기 시작했다.

"선생님들도 아시겠지요? 식사 전에 제가 예술제를 하겠다고 한 것 말입니다. 거두절미하고 말씀드립니다. 우리 학교가 개교한 지 3년 됐습니다. 학교 활성화와 학부모님들과 우호적인 차원에서 예술제를 하였으면 합니다. 구체적인 계획은 교감 선생님과 선생님들의 좋은 의견으로 잘 짜시기 바랍니다."

말을 마친 교장 선생님은 교장실로 돌아갔다.

"재미 있으셨죠? 예술가라 다른가. 봅니다."

교장 선생님이 돌아가자 교감 선생님이 선생님들한테 말했다.

"한동안 난리였어요."

"난리요?"

"마술이라고 하면서요."

"마술요?"

교감 선생님은 웃으며 반문하고 있었다.

"말도 못 했어요. 화가분이 마술을 하고 있다면서요."

선생님들은 돌아가면서 한마디씩 하고 있었다.

"교장 선생님이 마술에 걸렸다나, 하면서요."

"교장 선생님이 마술에 걸려요?"

"그 게요, 화가분이 젓가락으로 손등을 두드리니까 교장 선생님이 웃고 계셨잖아요. 그 웃으신 게 마술에 걸린 거라는 거예요. 그러다가 사르르 사라지신다나. 하면서 ……. 하하하."

"그랬어요? 그럴 만도 합니다. 허허허허."

교감 선생님은 선생님들의 얘기를 들으면서 할아버지가 젓가락으로 손등을 두드리고 교장 선생님이 웃었던 것을 생각했다. 그리고 학생들이 마술로 봤다는 것을 그럴 만도 하겠다고 하며 웃고 있었다. 교감 선생님은 학생들이 할아버지가 젓가락으로 손등을 두드린 것을 마술로 알고 있었고, 교장 선생님은 그 마술로 인해서 사라진다고 믿고 있었다는 학생들을 생각하며 한동안 웃음이 나오고 있었다. 충분히 그러고도 남을 일이었으니까 말이다. 선생님들은 교실로 가면서도 웃음을 멈추지 못하고 있었다.

다음 날, 이상한 이야기들이 마을에서 나돌고 있었다. 사람들은 만나기만 하면 이상한 이야기들을 주고받고 있었다. 교장 선생님이 사라졌다고 말들을 하고 있었다. 할아버지가 마술을 해서 사라졌다는 말들을 하고 있었다. 사람들은 만나기만 하면 그 이야기를 하고 있었다.

할아버지는 의자에 앉아서 창밖만 보고 있었다. 하루 종일 꼼짝을 안 하고 의자에 앉아서 창밖만 보고 있었다. 흰둥이들은 하루 종일 문 앞에서 할아버지를 기다리고 있었다. 날이 저물고 있어도 할아버지는 의자에 앉아서 창밖만 보고 있었다. 할아버지는 어두워도 의자에 앉아서 창밖을 보고 있었다.

할머니가 문을 열고 들어왔다. 그리고 전깃불을 켰다. 의자에 앉아서 창밖만 보고 있는 할아버지는 할머니가 들어 왔어도 그대로 앉아 있었다.

"왜 그러세요?"

할머니는 의자에 앉아 있는 할아버지한테 물었다.

"왔어요?"

할아버지는 가라앉은 목소리로 말했다. 의자 밑으로 두 팔은 늘어져 있었고 몸에는 힘이 없었다.

"무슨 일 있어요? 손등은 왜 그래요? 다쳤어요?"

두리번거리던 할머니는 힘없이 늘어트리고 있는 할아버지의 손을 보면서 물었다. 할아버지는 대답을 하지 않았고, 늘어트리고 있는 손도 움직이지 않고 있었다. 할머니는 할아버지 손을 들어서 들여다보고 있었다.

"갑시다, 저녁 먹으러."

할머니가 손등을 들여다보고 있자 할아버지는 뒤지럭거리며 의자에서 일어났다. 너무 오래 의자에 앉아 있어서 그런지 할아버지는 일어나는 데 힘겨워 했다. 그런 할아버지를 할머니는 팔을 잡으며 부추겼다. 흰둥이들이 꼬리를 치며 할아버지를 반겼다. 그렇지만 할아버지는 흰둥이들을 쓰다듬어 주지도 않았고 반가워해 주지도 않았다.

밥상 앞에 앉아서도 할아버지는 아무 말을 하지 않았다. 할머니는 할아버지 아픈 손등을 자꾸만 보면서 묻고 있었다.

"부딪혔어요?"

할아버지는 대답하지 않았다.

"언제 이랬어요? 많이 아프겠는데."

할아버지는 물 한 모금 마시는 것도 한참 넘기고 있었다. 할머니는 할아버지가 말을 하지 않자 더 이상 묻지 않았다. 다만 소독약을 가져다가 바르고 있었다. 할아버지는 다시 깜깜한 마당에 나와 있었다. 흰둥이들과 할아버지는 마당에서 오래오래 서 있었다.

아침이면 일어나기 싫어하는 기태와 지원이.

할아버지는 참새가 들어 있는 새장을 기태와 지원이 얼굴에다가 바싹 들이밀고 있었다. 새들은 퍼드덕거렸다. 기태와 지원이는 잔뜩 찌그러진 눈을 손가락으로 조금씩 벌리고 있었다.

"또 왔어요?"

지원이가 찌그러진 입으로 말했다. 퍼드덕거리는 새를 보느라고 목을 길게 뽑고 있었다.

"잠꾸러기들 때문에 못 살겠단다, 참새들이."

기태와 지원이는 파드득거리고 있는 새를 찡그린 눈으로 들여다보고 있었다.

"왜 참새가 아침마다 와요?"

지원이가 반갑지 않은 말투로 말했다.

"아마 너희들이 일찍 일어나서 유치원 갈 때까지 그럴 모양이다."

"일요일 날도 새가 왔잖아요."

"그랬니? 새는 일요일을 모르나 보다."

"으이."

지원이는 팔을 뻗어 할아버지를 잡으면서 일어났다. 그리고 오늘도 변함없이 할아버지는 기태와 지원이를 유치원에 보내고 왔다. 화실로 들어간 할아버지는 어제처럼 움직이지 않고 의자에 앉아 있기만 했다. 마술이란 것을 생각하느라고 할아버지는 의자에 앉아 있었다. 무엇을 어떻게 해야 할는지 난감하기만 해서 할아버지는 아무것도 못하고 있었다. 할아버지는 아무것도 하지 못하고 있었다.

할머니는 할아버지 눈치만 보고 있었다. 그러면서 필경 마술 때문에 그럴 거라고 생각하고 있었다.

서쪽에서
해 뜬 마을의 비밀
9

할아버지는 다음 날도 의자에 앉아서 생각만 하고 있었다. 그리고 또 다음 날이 됐다. 아침 일찍부터 할아버지는 종이에다가 무언가를 그리기 시작했다. 할아버지는 마술 상자를 그리고 있었다. 참새 마술 상자를 만들어야 하기 때문에 마술 상자를 그리고 있었다. 곰곰이 생각하면서 마술 상자를 그리고 있었다.

마술사들이 하듯이 보자기를 확 쳐들면 감쪽같이 참새가 없어지고 하얀 돌멩이가 놓여 있는 마술 상자를 만들려고 설계도를 그리고 있었다. 사람들이 잘 볼 수 있도록 앞에는 유리로 하고, 옆과 뒤 그리고 바닥과 천장은 베니어판으로 설계를 하고 있었다. 검은 보자기를 덮었다가 소리를 지르면서 확 하고 젖히면 참새가 있던 자리에 하얀 돌멩이가 있게 되는 마술 상자를 할아버지는 곰곰이 생각하면서 그리고 있었다. 하루 종일 생각하면서 할아버지는 설계도를 그리고 또 그리고 있었다.

이제 할아버지는 마술 상자를 만들려고 톱과 망치 그리고 못, 나무와 베니어판을 준비했다. 그리고 유리도 유리 가게에서 사 왔다. 할아버지는 베니어판에 자를 대고 줄을 긋고 톱으로 자르고 또 자르고 하면서 설계도대로 나무도 자르고 베니어판을 잘랐다.

할머니는 할아버지가 못을 박을 수 있도록 이쪽을 잡아 주고 저쪽을 잡아 주고 하면서 마술 상자를 만들었다. 문짝을 만들어 달고 난 다음 유리를 앞에다가 댔다. 할아버지와 할머니는 설계도대로 마술 상자를 다 만들었다.

할머니가 빨간 보자기를 가지고 와서 마술 상자를 덮어 보았다. 빨간 보자기에 덮여 있는 마술 상자는 진짜 마술사가 마술을 하는 마술 상자처럼 보였다. 할아버지는 빙긋이 웃었다.

"됐어."

할아버지는 됐다는 소리를 했다. 그런 다음 보자기를 벗기고 마술 상자가 할아버지가 설계한 대로 작동을 하나 안 하나 시험해 보기로 했다. 마술 상자 문을 열고 바닥에다가 참새만 한 돌을 놓고 뒤로 살짝 빼어놓은 줄을 살며시 당겼다. 그러자 스르르 척 하고 위에서 판이 내려와서 돌막을 덮었다.

"됐어요. 감쪽같아."

할머니는 신통해서 소리를 질렀다. 진짜 마술사가 하는 것만 같아서 할머니는 좋아 했다. 할아버지도 웃었다. 그러고 나서 할아버지는 또 한쪽에 있는 줄을 살며시 당겼다. 그러자 돌막을 덮고 있던 판이 위로 올라갔다.

"됐어요, 됐어. 돌이 나왔잖아요."

할머니가 또 소리를 쳤다.

"이 보자기 말이에요. 까만 천으로 하면 어때요?"

할머니는 빨간 보자기를 들고 할아버지한테 말했다.

"빨개도 괜찮고 까매도 괜찮아요."

할아버지는 할머니를 처다보면서 빙긋이 웃었다. 마술 상자가 잘 만들어져서 기분이 좋은 할아버지는 자꾸만 웃고 있었다.

"칠을 하면 멋지겠어요, 마술 상자가."

"그래요. 칠합시다."

"유치원 애들이 정말 좋아하겠다. 참새가 돌이 되는 마술을 보면."

할머니는 혼잣말처럼 하면서 유치원에서 일어날 일을 상상하고 있었다. 할아버지는 할머니가 유치원 이야기를 하자 아무 말도 하지 않았다. 그리고 할아버지 얼굴에서는 걱정이 서리고 있었다. 그러자 할머니가 할아버지 얼굴을 살피면서 말했다.

"유치원 아이들이 마술을 보면 좋아할 거예요. 지금처럼 척 하고 되는 걸 보면."

"유치원에서 안 해요."

할아버지 말에 할머니는 할아버지를 처다봤다.

"유치원에서 안 해요? 유치원에서 하기로 했잖아요."

"학교에서 하게 됐어요."

"학교에서요? 아니 유치원이었잖아요?"

할머니는 할아버지가 무슨 소리를 하고 있나 하고 처다봤다.

"유치원이 학교에 있으니까 거기가 거기지요."

할머니는 할아버지가 처한 실정을 모르기 때문에 편리한 대로 생각하고 편리한 대로 쉽게 말하고 있었다. 할아버지는 대답을 안 하고 근심어린 얼굴을 하고 있었다. 할머니는 근심어린 할아버지 얼굴을 보면서 다시 물었다.

"손등은 왜 그랬어요? 무슨 일이 있었어요?"

할머니가 다그쳐 물어도 할아버지는 말하지 않았다. 마술 상자에서 이쪽 줄을 잡아당겼다가 저쪽 줄을 잡아당겼다가 하고만 있었다. 할머니는 말이 없는 할아버지를 쳐다보다가 집 안으로 들어갔다. 할아버지는 이쪽저쪽 줄을 잡아당기고 있었다.

잠시 후 문이 열리고 할머니 목소리가 들렸다.

"차 끓여 놨어요. 들어오세요."

할머니 말에 할아버지는 집 안으로 들어갔다. 차를 마시며 할아버지는 눈을 감고 있었다. 눈을 감은 할아버지는 멀리 가고 있었다. 가도 가도 끝이 없는 하얗기만 한 나라를 생각하고 있었다. 함박눈이 펄펄 내리고 그 함박눈의 나라에서 할아버지는 흰둥이들이 끌고 있는 썰매를 타고 끝도 없이 먼 곳으로 달려가고 있었다. 끝없이 멀고 먼 함박눈의 나라에서 함박눈을 펑펑 맞으면서 흰둥이들과 한없이 달려가고 있었다. 가도 가도 끝이 없는 눈의 나라 얼음나라를 할아버지는 흰둥이들과 함박눈을 펑펑 맞으며 달려가고 있었다. 멀고 먼 얼음나라에서 흰둥이들과 썰매를 타고 가고 있었다. 저 멀리 끝없이 멀고 먼 하늘나라에 오로라가 춤을 추는 나라로 가고 있었다. 너울너울 춤을 추고 있는 하얀 어름의 나라 오로라가 춤을 추는 나라로 가고 있었다. 할아버지는 흰둥이들에게 힘차게 달리라고 소리치고 있었다.

할아버지는 오로라의 나라로 달리면서 오로라의 나라에서 킴슨이를 보고 있었다. 킴슨이가 있었다. 오로라의 나라에 킴슨이가 있었다. 킴슨이가 울면서 있었다. 할아버지는 달렸다. 킴슨이가 울고 있는 오로라의 나라로 힘차게 달렸다. 킴슨이는 함박눈이 펑펑 내리는 속에서 울고 있었다. 할아버지는 달렸다. 울고 있는 킴슨이한테로 힘차게 달렸다. 펑펑 눈이 내리는 속에서 울고 있는 킴슨이한테로 힘차게 달렸다.

"주무세요? 피곤하시면 좀 누우세요."

할아버지가 눈을 감고 자는 듯이 앉아 있자 할머니가 말했다. 할아버지는 눈을 떴다. 그리고 밖으로 나왔다. 할아버지는 마술 연습을 시작했다. 진짜 마술사처럼 줄을 당기며 눈도 감았다 떴다 하기도 하고 씩하고 웃었다가도 갑자기 시치미를 뚝 떼는 표정을 지었다가 마술 상자 옆을 멋지게 걷는 연습을 하고 있었다. 마술 상자를 덮고 있는 보자기를 확 하고 들었다가 돌이 놓여 있는 것을 보고 나서 다시 보자기를 마술 상자에 덮는 것을 열심히 연습하고 있었다.

보자기를 들치면서 스르르, 또 들치면서 스르르. 그럴 때마다 돌이 보였다가 안 보였다가 또 돌이 보였다가 안 보였다가. 할아버지는 연습을 하고 또 하고 있었다. 눈 감고도 스르르 할 줄 알아야 사람들이 진짜 마술사가 하는 것으로 알고 구경을 하면서 재미있어 할 것이기 때문에 할아버지는 연습을 열심히 하고 있었다.

오래오래 연습을 하던 할아버지는 마술 상자에 참새를 넣고 연습을 하기로 했다. 참새를 넣고 연습을 해 봐야 잘되는지 안 되는지 알 수 있을 것만 같은데다가 참새도 훈련이 되어야 하기 때문에 할아버지는 참새를 넣고 연습을 하기로 했다.

마술사가 마술을 할 때 비둘기를 바구니에서 꺼내 손등에 올려놓고 관중에게 멋있게 인사를 하듯 할아버지도 참새가 돌멩이로 변하게 해 놓고 멋지게 인사를 해야 하기 때문에 진짜 마술을 하는 연습을 하기로 했다.

할아버지는 닭장에 들어가 참새를 잡아가지고 나왔다. 짹짹거리는 참새를 할아버지는 머리를 쓰다듬어 주고 난 후 상자 안에 살며시 들여놓았다. 할아버지가 손을 놓자마자 참새는 마술 상자 안에서 도망치려고 벽에 부딪고 있었다. 날개가 부러질 것만 같았고 목이 부러질 것만 같이 여기저기 부딪혀가며 날고 있었다.

할아버지는 참새를 들여다보고 있었다. 참새는 힘이 다 빠질 때까지 퍼덕거리며 유리벽에 수없이 부딪쳐댔다. 할아버지는 참새가 죽을 것만 같아서 하늘로 놓아 줄까 생각도 하였지만 연습을 위해서는 어쩔 수 없다고 생각하고 참새가 가만히 있도록 보자기를 덮었다. 마술 상자 안이 깜깜하면 날지 않고 가만히 있을 거라고 생각하고 할아버지는 보자기를 푹 덮었다.

마술 상자가 조용해지자 할아버지는 살며시 보자기를 들어 안을 들여다봤다. 참새는 바닥에서 날개를 쫙 벌리고 앉아서 헐떡거리고 있었다. 할아버지는 다시 보자기를 덮었다. 참새가 유리벽에 너무 많이 부딪쳤고 지쳐 있는 것만 같아서 보자기를 잘 덮어 두었다.

한참 있다가 할아버지는 보자기를 살며시 들춰보았다. 참새가 옆으로 쓰러져 있어서 할아버지는 깜짝 놀라 참새를 끄집어냈다. 참새는 할아버지 손바닥에서도 옆으로 쓰러져 있었다. 할아버지는 참새를 양손으로 살며시 감싸들고 입에다가 바람을 불어주기 시작했다. 불고 또 불고 할아버지는 참새가 죽을까 봐서 바람을 열심히 불어 주었다. 참새는 죽은 듯이 꼼짝을 못 하고 있었다. 할아버지는 참새가 가엾어서 쓰다듬고 또 쓰다듬고 있었다.

한참 후 참새가 가슴을 팔딱거리며 숨을 쉬면서 차츰 원기를 회복하고 있었다. 할아버지는 빙긋이 웃었다. 그리고 눈을 초롱초롱 뜨기 시작하는 참새 머리를 쓰다듬어 주었다. 머리를 쓰다듬으며 할아버지는 좋아하고 있었다. 참새가 '짹짹' 하고 소리를 내고 있자 할아버지는 더욱 참새 머리를 쓰다듬어 주고 있었다. 쓰다듬어 주면서 할아버지가 좋아하고 있는데 참새가 별안간에 버드덕거리더니 할아버지 손에서 빠져나와 하늘로 날아가고 말았다.

"으차차. 어……."

할아버지는 참새가 멀리 멀리 날아가는 것을 보고 있었다.

"어허 참, 그놈."

할아버지는 멀리 날아가고 있는 참새를 보면서 웃고 있었다. 할아버지는 참새한테 속은 것만 같아서 씁쓸한 마음으로 참새가 나라간 하늘을 바라보고 있었다.

"뭐 하세요?"

할아버지는 소리 나는 곳으로 고개를 돌렸다. 할머니가 부지런히 걸어오고 있었다. 머리에는 미장원에서 파마를 할 때 쓰고 있는 보자기를 쓰고서 부지런히 할아버지한테 오고 있었다.

"교장 선생님이 감쪽같이 사라졌다면서요?"

이게 무슨 소린가 하고 할아버지는 할머니를 쳐다봤다. 할아버지는 눈을 크게 뜨면서 할머니 얼굴을 들여다보았다.

"교장선생님이 사라졌어요? 어디로요?"

할아버지는 교장 선생님이 사라졌다는 말을 듣고 눈이 똥그래졌다.

"할아버지가 손등을 세 번 '톡톡 톡' 하고 치니까 순식간에 교장 선생님이 사르르 사라졌다면서요."

할아버지의 뚱그래진 눈이 휘둥그레지고 있었다.

"무슨 소리예요?"

"무슨 소리는 뭐가 무슨 소리예요. 할아버지가 손등을 세 번 치니까 교장 선생님이 사라졌다는데요."

"예?"

할아버지는 참새를 놓쳐서 하늘을 쳐다보고 있는 중인데 난데없이 할머니가 나타나 교장 선생님이 사라졌다는 말을 하는 바람에 뭐에 홀린 듯이 혼이 나가고 말았다. 그렇지 않아도 지금 손바닥에서 참새가 사라졌는데 엉뚱하게도 교장 선생님이 손등을 세 번 두드리자 사라졌다니 이게 무슨 소리인가 하고 할아버지는 다시 할머니를 똑바로 바라보고 있었다.

"가만요. 그러니까 내가 손등을 세 번 치니까 교장 선생님이 사라졌다, 지금 그 말이에요?"

"그랬다면서요?"

할아버지는 어처구니가 없었다. 손등을 '톡톡 톡' 하고 치니까 교장 선생님이 사라졌다는 할머니 말이 무슨 말인지 알아들을 수가 없었다. 손등을 '톡톡 톡' 하고 두드린 것은 맞는데 교장 선생님이 언제 사라졌다는 건지 도무지 알 수가 없었다.

"무슨 말에요 그게?"

"맞지, 뭘 그래요? 그 손등 빨갛게 부었잖아요. '톡톡 톡' 하고 두드렸으니까 빨갛게 부었지 뭘 그래요. 교장 선생님이 사라졌고 그래서 요즘 할아버지가 고민을 하신 거네요?"

할머니가 말하는 것마다 할아버지는 기가 막혔다. 할아버지는 할머니를 쳐다보다가 말했다.

"아니에요. 통 모르겠는데 이게 무슨 말이에요, 대체?"

할아버지는 영문을 몰라서 할머니만 쳐다보았다. 할아버지가 아무것
도 모르겠다면서 쳐다보고 있자 할머니는 할아버지가 시치미를 떼고
있는 것으로 알고 했던 말들을 다시 하고 있었다.

"교장 선생님을 사르르 사라지게 하시는 분이 이깟 상자는 뭐 하려고
만들어요? 손등만 '톡톡 톡' 하고 치면 다 될 건데."

할아버지는 뭐에 홀려도 단단히 홀린 것만 같아서 가만히 서 있었다.
할머니는 계속해서 떠들어 대고 있었다.

"학교가 난리 났대요. 교장 선생님이 감쪽같이 사라지는 바람에요.
미장원에 앉아 있는데 사람들이 나를 보고 난리들을 쳐서 혼났어요.
그래서 내가 그랬어요. 참새가 감쪽같이 사라지는 마술 상자를 할아버
지가 지금 만들었다고. 그랬더니 사람들이 그럼 그렇지 하면서 더 야단
들이 났어요. 마술인가 뭔가 예술제라나 그거 할 때 모두 가서 본다고
난리들을 피고 야단 났어요."

할아버지는 참새가 날아간 하늘만 뚫어져라 보고 있었다. 할머니가
뭐라고 하던간에 하늘만 보고 있었다. 할머니는 계속해서 할아버지한
테 쉬지 않고 말을 하고 있었다.

"교장 선생님이 사르르 사라지면 어디다 숨기는 거예요? 그거 물어
보래요, 사람들이."

정신이 나간 할아버지한테 할머니는 신바람이 나서 떠들어 대고 있
었다.

"나 가서 머리 감고 올게요. 그깟 마술 상자는 짜서 뭐 해요? 교장 선

생님만 사르르 사라지게 하면 되는데……. 얼른 가서 머리 감고 올게요."

할머니는 혼자서 떠들다가 두 팔을 내저으면서 미장원으로 달려갔다. 할아버지는 꼼짝을 못하고 서 있기만 했다. 난데없이 교장 선생님이 감쪽같이 사라졌다는데, 그것도 할아버지가 손등을 '톡톡 톡' 하고 치니까 그렇게 됐다는데, 하는 말만 생각하고 있었다.

할아버지는 마술 상자를 덮고 있는 빨간 보자기를 들고 물끄러미 마술 상자를 보고 있었다. 그리고 혼잣말을 하고 있었다.

"난리가 났구나."

할아버지는 눈만 껌벅거리고 있었다. 자다가 벼락 맞는다고 하던데 이게 지금 그 벼락인가 하고 할아버지는 눈만 껌벅거리고 있었다. 마술은 단 한 가지도 할 줄 모르는데 난데없이 교장 선생님을 사라지게 했다고 소문이 났다니 난리가 나도 보통 난리가 난 게 아니라고 할아버지는 눈만 껌벅거리고 있었다. 할아버지는 참새가 날아간 하늘만 보고 있었다.

"손등을 '톡톡 톡' 하고 치니까 교장 선생님이 사라졌어. 허참! 허허."

할아버지는 이리 갔다 저리 갔다 하면서 중얼거리고 있었다.

"허 참! 허허."

할아버지는 헛웃음만 웃고 있었다. 소문이란 것이 허무맹랑한 것이기는 해도 당사자인 할아버지가 멀쩡하게 이렇게 있는데 그런 헛소문이 나고 있다는 것은 이해할 수가 없었다. 누군가 고의적으로 헛소문을 낸 것이 아니라면 도저히 있을 수 없는 일이라고 할아버지는 생각하고 있었다 할아버지는 왜 그런 근거도 없는 헛소문이 난 건가 생각을 해

봤다.

점심식사를 할 때 손등을 두드린 것은 맞는데 그렇다고 교장 선생님이 사라지지는 않았다. 교장 선생님, 그리고 다른 선생님들, 사납게 생긴 여자와 착하게 생긴 여자, 모두 함께 있었는데 언제 교장 선생님이 사라졌단 말인가. 그리고 손등을 두드린 것이 마술이라니……

"허허, 참."

할아버지는 헛웃음만 나오고 있었다.

할아버지는 생각하다가 헛웃음을 웃고 또 생각하다가 헛웃음을 웃고 있었다. 마술을 해 달라고 했었고, 전시회를 해 달라고 했었고, 예술제를 하겠다고 했었는데, 그 건 사실이지만 헛소문이라니.

"그것 참 이상하네."

혹시 교장 선생님이 장난하느라고 헛소문을 낸 건가? 그렇지 않고서야 이런 황당한 소문이 날 리 없지 않는가. 만나자 마자 무조선 마술을 해 달라고 하더니 예술제를 하겠다고 하더니 이제 헛소문까지 냈구나.

할아버지는 헛소문이라 잊어버리려고 했다. 그렇지만 소문이 마술이기 때문에 잊어지지가 않고 있었다.

"참 이상한 일도 다 있네."

자기 스스로 사라졌다고 소문을 낼 수가 있는 건가, 별일 다 있네. 할아버지는 어처구니가 없어서 고개를 설레설레 흔들어 대며 교장 선생님을 의심하고 있었다.

"무슨 꿍꿍이지? 헛소문까지 내다니."

할아버지는 눈만 껌벅거리면서 만들어 놓은 마술 상자를 보고 있었다. 마술이라는 것은 '마' 자도 모르지만 유치원에서 재미있는 이야기를 해 주면서 상자에 참새와 돌을 넣고 마술 같은 흉내를 내보려고 한 것 뿐인데 난데없이 교장 선생님을 만나는 바람에 일이 꼬이고 말았고 이 젠 헛소문까지라니.

할아버지는 개탄을 하고 있었다. 설상가상이라고 이제는 할머니까지 그 헛소문에 불을 붙인 셈이 되고 말았다. 살다 보면 별의별 일이 다 있 다고는 하지만 이런 별일이 다 있단 말인가. 할아버지는 두 눈을 뜨고 있으면서도 코를 벤 것만 같아서 자꾸만 머리를 흔들어 대고 있었다.

"뭐 하세요?"

할머니가 머리를 곱슬곱슬하게 만들어 가지고 어깨를 빳빳하게 세우 고 있었다. 할아버지는 그런 할머니가 반갑지가 않아서 눈도 돌리지 않 고 있었다. 평생 함께 살았으면서 할아버지가 마술을 하는지 못하는지 분간도 못 하고 헛소문에 불을 붙이고 다니니 할아버지는 못마땅해서 쳐다보지도 않고 있었다.

그러면서도 할아버지는 어슬렁어슬렁 걸으면서 할머니를 따라 집 안 으로 들어가고 있었다. 헛소문이지만 궁금하기도 하고 그 소문이 어떻 게 나왔나 하는 것도 알고 싶고 해서 어슬렁어슬렁 따라 들어갔다.

"커피 한 잔 합시다. 미장원에서 몇 잔을 마셨는데도 할아버지와 한 잔 더 하고 싶으네요. 앉으세요. 커피 맛이 왜 그렇게 좋은지."

할머니 수다 때문에 할아버지는 커피 맛을 모르고 있었다.

"난 처음에 할아버지 손등이 왜 그런가, 했지 뭐에요. 마술 하느라 그 런 줄 모르고. 그래서 내가 그랬어요. 우리 할아버지 손등이 빨갛게 붓 고 내밀었다고. 그랬더니 얼굴들이 하얘지더라고요. 놀래서."

마술 상자를 만들었다고도 한 것도 모자라서 이제는 할아버지 손등이 빨갛게 내밀었다고 했으니 불을 질러도 아주 대단한 불을 지르고 말았다. 이제 헛소문은 할머니로 인해서 기정사실이 되고 말았다. 할아버지는 커피 잔에 설탕을 자꾸만 퍼 넣고 있었다. 할아버지는 마술 때문에 날벼락을 맞고 있는데 이제는 헛소문 벼락에 숨이 넘어갈 지경이 되고 말았다.

할아버지는 밑도 끝도 없이 헛소문을 내고 있는 교장 선생님을 생각하고 있었다. 만나면서부터 할아버지를 곤경에 빠지게 하고 있는 교장 선생님을 생각하고 있었다. 그리고 왜 이렇게 힘들게 하고 있는 건가하고 원망을 하고 있었다.

"네! 안녕초등학교 교장입니다."

"어! 교장 선생님 말짱하시네! 교장 선생님 맞아요? 교장 선생님 사라졌다던데!"

"여보세요, 누구세요? 제가 사라졌다니요. 누구세요?"

교장 선생님은 전화를 건 사람한테 이상한 이야기를 듣고 있었다.

"저요? 6학년 학생 김하늘 엄마예요. 말을 들으니까 교장 선생님이 마술에 걸려서 사라지셨다고 하던데 어찌된 거예요? 말짱하시니."

교장 선생님은 무슨 말인지 몰라서 입이 튀어나오고 있었다.

"그러지 않아도 궁금해서 전화 드렸는데 교장 선생님 말짱하시네요! 고마워요. 이따 뵐게요."

교장 선생님은 끊어진 전화기를 내려다보고 있었다. 무슨 소린지도 모르겠고 누군지도 모르겠고 그래서 교장 선생님은 누가 장난하는 것으로 알고 싱거운 웃음이 나오고 있었다.

서 쪽 에 서
해 뜨는 마을의 비밀
10

교장 선생님은 앉아서 웃다가 서서 웃다가 왔다 갔다 하면서 웃고 있었다. 듣다듣다 별소리를 다 듣는다고 교장 선생님은 웃고 있었다. 학부모라고 말한 사람이 교장 선생님이 사라졌다는 소리를 하고 있으니 당사자인 교장 선생님으로서는 웃음이 나오지 않을 수 없었다. 그리고 이따가 만나자고 했으니까 재미로 장난삼아 한 말이라고 생각하면서 웃고 있었다.

누군지 알면 전화를 해서 물어보겠는데 누군지 알 수도 없으니 웃음만 나오고 있었다. 그렇다고 아무한테나 물어 볼 수도 없는 일이라 교장 선생님은 나오는 웃음을 참지 못하고 있었다.

나오는 웃음을 참지 못하고 웃으며 앉아 있는데 교감 선생님이 들어왔다. 교감 선생님이 교장 선생님한테 올 때는 결재 받을 서류를 들고 오는데 지금은 빈손으로 들어왔다. 그래서 교장 선생님은 무슨 일이 있나 하고 교감 선생님을 쳐다보았다. 교감 선생님은 의자에 앉고 나서 담담한 표정을 짓고 나서 말하기 시작했다.

"예술제에 관해서 학부모회에서 문의가 들어왔습니다. 그래서 지금

세부적인 계획을 작성 중이라고 했습니다. 그런데 방문하겠다고 해서 그러라고 했습니다."

"아, 그래요? 그럼 학생들 예능 발표와 유명화가 미술 전시회 그리고 마술 관람이 있다고 하세요."

"네, 알겠습니다. 그런데 밖에서 먼저 우리가 예술제 하는 것을 알고 있는 것 같습니다. 문의가 오는 것을 보면."

교감 선생님은 아직 계획 작성 중인데 학부모회에서 방문하는 것이 부담스럽다는 표정을 짓고 있었다.

"괜찮아요. 학교란 원래 학생들이 주인이니까 학부모님들이야 당연히 주인 행세를 하잖아요. 지금 그대로 얘기하시고 조언과 지원을 부탁한다고 하세요. 대대적인 예술제 치릅시다."

"알겠습니다."

교감 선생님이 자리에서 일어나 교무실로 가려고 몇 걸음 걷고 있는데 문을 두드리는 소리와 동시에 문이 열리면서 예쁘게 생긴 미술 선생님이 들어오고 있었다. 그리고 뒤이어 학부모들이 줄지어 들어오고 있었다. 앉으라. 마라, 안녕하세요, 하는 소리도 없이 학부모들은 의자에 모두 앉았다. 교장 선생님과 교감 선생님은 서서 있었다. 열 명도 넘는 학부모들이 교장 선생님을 쳐다보고 있었다.

예쁘게 생긴 미술 선생님과 치렁거리는 옷을 좋아하는 음악 선생님이 차 주문을 받고서 밖으로 나갔다. 교장 선생님은 학부모들의 눈빛세례를 받으며 정중하게 인사를 했다.

"하도 이상해서 왔습니다."

경상도 사투리를 하고 있는 6학년 1반 반장 어머니가 먼저 입을 열었다.

"한 군데도 이상하지 않은데?"

이번에는 4학년 학생 어머니가 말했다. 열 명도 넘는 학부모들은 수상한 사람 잡아 놓고 둘러앉아서 쳐다보고 있는 것처럼 교장 선생님을 쳐다보고 있었다.

"예술제가 어찌 됐다는 건지요. 세상천지에 소문이 다 났는데 우리들한테는 한마디 기별도 없이 예술제를 하고 있어서 부득이 왔습니다. 어찌 된 건지요?"

학부모 회장이 한동안 교장 선생님 얼굴을 쳐다보고 나서 벼르고 있었다는 듯이 따지고 들었다.

"그것이 계획 중이라 연락을 못 드렸습니다."

교감 선생님이 말했다.

"그러시겠지요. 그런데 안녕초등학교에서 예술제 한다는 소문은 삼척동자까지 알고 있고요. 교장 선생님이 식사하다 말고 마술에 걸려 사라지셨다던 데 마술은 어찌 된 건지요? 궁금해요 알아야겠어요."

교장 선생님은 학부모회장을 쳐다보다가 뭔가 생각난 듯이 말을 했다.

"조금 전에 학부님이라고 하는 분이 전화로 묻더군요. 금시초문이라 영문을 모르겠습니다."

"전혀 모르고 계신단 말예요?"

"예."

학부모회장은 잠시 교장 선생님을 쳐다보다가 다시 말하기 시작했다.

"그 마술 한다는 분의 마나님이 미장원에서 마술 상자를 이번에 새로 만들었대요. 옛날에 쓰던 것은 낡았고 모양이 안 좋아서요. 그래도 모르시겠어요?"

"예, 전혀 아는 바가 없습니다."

"그럼 식사를 하시다가 마술에 걸려서 사라지신 것은 아세요?"

"모르겠습니다. 저는 그런 적이 없었습니다. 교감 선생님도 한자리에 계셨고……."

교장 선생님은 계속해서 모른다는 말만 하고 있었다.

"마술이니까 당사자는 모를 수 있어요. 남은 알아도."

이번엔 다른 학부모가 말을 했다.

교장 선생님은 꼼짝도 못 하고 앉아 있는 교감 선생님을 처다보았다. 혹시 교감 선생님은 알고 있는 게 있나 해서 처다보고 있었다.

"마술사라고 하는 화가분이 손등을 '톡톡 톡' 하고 세 번 치니까 감쪽 같이 교장 선생님이 사라지시더래요. 왜 딴소리하세요? 다 듣고 왔는데."

이번에도 다른 학부모가 말했다.

교장 선생님은 교감 선생님을 다시 처다보고 있었다.

"교감 선생님, 이게 어찌된 일이지요? 짚이시는 게 있으세요?"

교장 선생님이 묻는 말에 교감 선생님은 눈만 껌벅거렸다. 그리고 마지못해서 입을 열었다

"어찌된 영문인지 저도 아는 바가 없습니다. 화백님이 손등을 두드리신 건 오락으로 하신 걸로 알고 있을 따름입니다."

"맞아요. 강원도 화백님과 오랜만에 만나서 반가운 마음에 오락으로 장난을 한 것인데 그게 무슨 마술이란 말입니까? 이해를 못 하겠습니다."

"미술 선생님은 물론 모든 선생님들이 함께 계셨고, 유치원 사모님들 도 함께 계셨는데 무슨 일인지 감을 잡을 수가 없습니다."

교감 선생님이 입맛을 다시다가 침도 삼키다가 하면서 상황 설명을

하듯이 말했다. 이 광경을 보고 있던 학부모회장이 교장 선생님과 교감 선생님을 번갈아 보면서 말했다.

"좋아요. 그러니까 소문 따로 시침 따로인 것만 같습니다. 그렇다 치고 예술제 얘기를 하지요. 설명을 듣고 싶습니다."

"저희 학교가 개교한 지 3년이 되었습니다. 이번에 우연치 않게 강화 백님을 만나게 됐습니다. 그러다보니 학교와 학생들에게 좋은 추억을 만들어주고 싶고 해서 학예회보다는 예술제라고 이름을 지어 학생들의 특기나 장기를 발휘하게 하고 강화백님의 그림을 전시하고 마술도 한다고 하서서 예술제를 할까 합니다. 그리고 무엇보다 학부형님들과 함께 좋은 하루하고 싶은 마음에서 시작됐습니다. 그러다보니 이왕이면 운동장에 무대도 만들고 전시회는 체육관 창문을 가리고 하려고 합니다. 이상입니다."

교장 선생님은 말을 마치고 학부모들을 바라보고 있었다.

"그것 보세요. 소문이 맞지 뭘 그래요. 시침 뗀다고 되는 게 아닙니다. 그런 예술제를 할 거면서 세상천지에 소문을 있는 대로 내놓고서 시침 뗀다고 되겠어요? 대충 알았습니다. 그러니 우리가 모르는 것 다 말하세요. 그리고 마술도 마술이지만 강원도 화백님이라는 분을 알아봤더니 원로 작가이시고 소홀히 해서는 안 될 분이더군요. 그분 체면이나 인지도에 걸맞게 정식으로 전시회 준비를 하셔야 하고요. 마술 준비도 정식으로 하세요. 무대도 제대로 꾸미시고요. 저희가 처음부터 끝까지 모두 준비할 겁니다."

교장 선생님과 교감 선생님은 얻어맞은 사람들처럼 혼이 나가 입만 벌리고 앉아 있었다. 문이 열리고 예쁘게 생긴 미술 선생님과 치렁거리는 옷을 좋아하는 음악 선생님이 찻잔과 주전자를 들고 들어왔다. 학부모들은 교장 선생님이 사라졌다는 마술에 관해서는 대답을 듣지 못해서 아쉬운 속내를 숙제로 남기고 교장실을 떠났다.

교장 선생님은 창가에 섰다가 의자에 앉았다가를 반복하면서 밑도 끝도 없이 소란한 소문을 생각했다. 암만 소문이라 하더라도 식사하다가 사라졌다는 게 말이 되느냐 말이다. 할아버지하고 둘이서 식사를 한 것도 아니고 그렇게 많은 사람들과 함께 식사를 했는데 근거도 없는 소문이 웬 말이냐 말이다.

교장 선생님은 이렇게 생각을 해 보다가 저렇게 생각을 해 보다가 생각나는 것은 다 해 보고 있었다. 그리고 무엇보다 생각이 많이 나고 있는 것은 할아버지다. 할머니가 미장원에서 마술 상자를 이번에 새로 만들었다고 하면서 옛날 것은 낡았고 보기도 좋지 않고 해서 새로 만들었다고 했다니까 대충 짐작을 해도 그 소문은 할아버지한테서 나온 것이 틀림없는 것만 같았다.

손등을 '톡톡 톡' 하고 세 번 치니까 교장 선생인 자기가 사라졌다고 하니 그렇다면 손등을 두드린 것이 장난삼아 한 것이 아니고 계획적으로 두드린 것만 같았다. 그리고 미술 전시회도 하고 마술 공연도 하니까 사람들을 많이 오게 하기 위해서 그런 소문을 퍼트린 것만 같았다. 이곳은 시골이고 미술관도 아니고 그러고 보면 사람들이 얼마 오지 않을 게 빤하니까 하는 수 없이 헛소문을 내서 사람들을 많이 오게 하려고 한 것으로 생각하고 있었다.

교장 선생님은 그렇게 생각을 하고 나서 빙긋이 웃고 또 웃었다. 그렇지만 그런 근거도 없는 헛소문을 냈다가 어쩌려고 그러시나 하고 염려도 하고 있었다. 교장 선생님은 빙긋이 웃었다. 그리고 할아버지가 한편으로는 걱정이 되고 있었다.

그러면서도 설마 그런 소문을 할아버지가 내지 않았을 거라는 생각도 하고 있었다. 그렇지만 그런 소문이 나돌고 있고 그런 소문을 낼만한 사람이 달리 있을 것 같지도 않았다. 사납게 생긴 여자도 착하게 생긴 여자도 더군다나 교감 선생님이나 예쁘게 생긴 미술 선생님이 그런 소문을 낼 이유도 없고 까닭이 있을 수 없다고 생각했다.

교장 선생님은 할아버지 말고는 의심이 가는 사람이 없어서 빙긋이 웃으며 할아버지를 떠올리고 있었다. 그러면서 교장 선생님은 야릇한 기분이 들고 있는 것이 기분이 좋기만 했다. 소문대로 사르르 사라진다면 얼마나 재미있는 일인가. 그거야말로 두말할 것도 없이 기막힌 마술이고 예술제가 될 테니까 말이다

그 마술이 사실인지 아닌지는 지금은 확인할 수는 없지만 소문이 난 것을 보면 사실이 맞는다고 봐야 할 것 같았다. 교장 선생님은 소문을 먼저 내고 있는 할아버지 얼굴을 떠올리면서 껄껄껄 웃고 있었다. 교장 선생님은 교감 선생님이 회의 준비가 다 되었다고 연락을 할 때까지 할아버지를 생각하면서 웃고 있었다.

할아버지는 왔다 갔다 하고 있었다. 안절부절못하고 있었다. 어쩌다가 이렇게 마술에 휘말렸는지 생각하면 할수록 기가 막히고 어처구니가 없어서 왔다 갔다 하고 있었다. 마술 책이 있는지 모르겠지만 있다 해도 책을 보고 연습을 한다고 해서 마술이 되겠느냐 말이다. 아무것도 모르고 그런 헛소문이나 내놓고 있는 교장 선생님을 생각하면서 할

아버지는 왔다 갔다 하고 있었다.

"어쩌려고 그런 소문을 냈지? 거참 알 수가 없네."

할아버지는 교장 선생님을 원망하고 있었다. 왜 그런 헛소문까지 내고 있느냐고 할아버지는 당장 학교로 달려가 교장 선생님을 잡고 실컷 따지고 싶기만 했다. 할아버지는 어쩔 수가 없어서 교장 선생님을 원망이나 하고 있었다.

예술제를 한다고 광고만 해도 사람들이 많이 올 텐데 그런 허튼 소문까지 내 놓고 있으니 교장 선생님이야말로 잘못되어도 너무 잘못된 사람이라고 할아버지는 혀를 차고 있었다. 어쨌든 큰일이 벌어져도 너무 큰일이 벌어졌다.

다시 날이 밝았고 아침이 되었다. 오늘도 여지없이 닭장에는 참새들이 들어가고 있었다. 할아버지는 멀리 서서 닭장으로 참새들이 들어가는 것을 보고 있었다. 한 마리, 그리고 또 한 마리, 참새들은 종이비행기처럼 날아서 철망 아래 구멍 안으로 들어가고 있었다.

몇 마리가 들어가자 할아버지는 닭장 문을 열고 안으로 들어갔다. 할아버지가 안으로 들어가자 닭장 안은 난장판이 되었다. 할아버지는 참새들을 구석으로 몰았고, 좁은 틈새로 비집고 들어간 참새들을 할아버지는 살그머니 잡고 있었다.

잡은 참새를 가지고 할아버지는 닭장에서 나왔다. 잡은 참새를 손바닥에 감싸들고 할아버지는 조심조심 마술 상자 안에 넣고 있었다. 마술 상자 안에 들어간 참새는 유리벽에 수도 없이 부딪고 바닥에 떨어지기를 반복하고 있었다. 참새는 힘이 다 빠지고 나서야 바닥에 주저앉아서 눈을 반짝거리며 헐떡거리고 있었다.

할아버지는 지쳐 있는 참새를 놀래지 않도록 조심하면서 들여다보고 있었다. 참새는 얼마동안 주저앉아 있다가 다시 날면서 부딪고 떨어지기를 반복하고 있었다.

참새가 주저앉아 있을 때면 할아버지는 마술 상자 가깝게 가서 참새를 들여다보고 있었다. 참새가 할아버지를 무서워하지 않게 하려고 할아버지는 참새한테 가깝게 가서 들여다보고 있었다. 그리고 참새가 죽을 수가 있기 때문에 할아버지는 참새를 살펴보느라고 들여다보고 있었다.

"참새야!"

할아버지는 측은하게 참새를 바라보며 말을 걸기도 하고 있었다. 좁은 곳에서 날려다가 유리벽에 수없이 부딪혀서 그런지 참새가 가만히 있었다. 할아버지를 쳐다보는 눈은 반짝였지만 눈물이 흥건한 것만 같았다. 할아버지는 참새가 불쌍하고 안타까워서 다정한 목소리로 말을 했다.

"꾹 참아라. 미안하다, 미안해. 그놈의 마술 때문에 어쩔 수 없단다. 마술만 끝나면 저 하늘로 놓아 줄게. 참새야, 나 좀 도와다오. 할아버지도 지금 너처럼 죽을 지경이란다. 고통이 이만저만이 아니란다. 그러니 나 좀 도와다오. 그 동안만 참고 나 좀 도와다오. 참새야, 미안해."

할아버지는 참새가 쉴 수 있도록 잠시 떨어져 주었다. 그리고 앞으로 벌어질 일들을 눈을 감고 앉아서 생각하고 있었다. 돌풍처럼 닥쳐오고 있는 마술 공연을 눈을 감고 생각하고 있었다. 요즘은 텔레비전으로 모든 것을 다 볼 수 있기 때문에 마술을 못 본 사람이 한 사람도 없는데 마술을 어떻게 하면 좋을까 하고 생각을 하고 있었다.

하늘이 무너져도 솟아날 구멍이 있다 하는데 할아버지는 아닌 것만 같았다. 마술을 할 줄 모르면서 한다고 한 것이 할아버지로서는 스스로 무덤을 파고 만 격이 되고 말았으니 누구 탓을 할 수도 없고 스스로 만든 운명에 빠져가고 있을 뿐이었다. 이제 꼼짝달싹을 못 하는 처지가 된데다 가 연습을 아무리 한다고 해도 마술사처럼 할 수도 없고 마술이 될 수도 없다.

할아버지는 앉아서 머리를 흔들어가며 생각하고 또 생각했다. 그러면서도 할아버지는 마술 상자를 들여다보고 있었다. 그런데 어찌된 일인지 참새가 눈만 반짝거리며 할아버지를 쳐다보고 있었다. 할아버지는 유리벽 가깝게 얼굴을 대고 안을 들여다보았다. 참새가 조금씩 움직이고 있었다. 유리벽에 수없이 부딪혀서 머리에 타박상을 받은 것만 같아서 할아버지는 유심히 살펴 봤다. 한참을 보고 있어도 참새는 이제 움직이지 않고 있었다.

할아버지는 문을 열고 참새를 꺼냈다. 그리고 머리털을 헤치면서 머리를 들여다보았다. 이쪽 날개도 보고 저쪽 날개도 보고 다리도 보고 뾰족한 주둥이도 보았다.

"유리에 머리를 부딪쳐서 정신이 없나 보다."

할아버지는 참새가 많이 아프다고 생각하고 마술 상자가 아닌 조그마한 종이상자에 넣었다. 바닥에는 헝겊을 깔아주고 물과 사료를 넣어주었다. 할아버지는 참새가 건강해지면 하늘로 날려 보내주어야겠다고 생각했다. 그래서 마술 연습은 다른 참새를 잡아서 하기로 했다.

할아버지는 닭장에서 다른 참새를 잡아 마술 상자에 넣었다. 이번에도 참새는 결사적으로 날며 유리벽에 부딪혔다. 할아버지는 참새를 꺼내서 손바닥으로 감싸들고 길들이기 시작했다. 참새 다리를 실로 묶은 다음 살며시 손을 놓아 날려 주면서 이제는 도망갈 수 없다는 훈련을 시키고 있었다.

수없이 날던 참새는 소용이 없다는 것을 알았는지 차츰 할아버지 손에서도 버둥거리지 않고 있었다. 그래도 할아버지는 마술 상자에 넣지 않고 참새를 손바닥에서 길들이기를 계속했다. 참새 다리를 묶은 줄을 한쪽은 할아버지 왼쪽 손목에 묶고서 절대 손바닥에서 놓아 주지를 않았다.

도망치려는 근성이야 고치기 어렵겠지만 방금 잡았을 때처럼 심하게 버둥거리지만 않는다면 참새는 유리벽에 머리를 심하게 부딪치지 않을 것이라 생각하고 할아버지는 참새 훈련에 전력을 다하고 있었다. 한 시간, 두 시간, 세 시간, 시간이 흐를수록 참새는 얌전해지고 있었다.

다음 날도 할아버지는 참새를 실로 묶은 채 놓아 주지 않았다. 식사를 할 때도 실을 잡고 있었고, 흰둥이들 닭들 먹이를 줄 때도 실을 놓아 주지 않고 한손으로 참새를 잡고 다녔다. 그렇게 해서 얌전해진 참새를 할아버지는 마술 상자에 넣었다.

할아버지 손아귀에서 벗어난 참새는 도망쳐 보려고 날았으나 방금 잡았을 때처럼 심하게 유리벽에 머리를 부딪치지는 않았다. 이제 소용이 없다는 것을 알았는지 아니면 도망치려는 것을 포기했는지 참새는 조용해졌다. 할아버지는 멸치를 가루로 만들어 넣어주기도 하고, 사료를 넣어 주기도 하면서 참새를 길들여갔다.

참새를 길들여 갈 무렵 머리를 심하게 다쳤던 참새는 살지 못하고 끝

내 죽고 말았다. 할아버지는 죽은 참새를 한참 동안 품에 안아주고 난 후 봄이면 마당을 붉게 만들고 있는 홍매화 나무 아래에 고이 묻어 주었다. 아픈 것이 나으면 하늘에 날려 주려고 했는데 참새는 죽고 말았다. 홍매화 나무 아래 참새 무덤을 할아버지는 한참 동안 바라보면서 마음 아파하고 있었다.

할아버지는 다시 마술 연습을 시작했다. 참새를 마술 상자에 넣고 줄을 조심조심 잡아당겼다. 잡아당기는 줄을 놓지 않고 판이 조금씩 내려가도록 할아버지는 줄을 조금씩 놓고 있었다. 참새는 놀라지 않고 얌전히 바닥에 앉은 채 가만히 있었다.

천장 판이 내려와 참새가 보이지 않았다. 할아버지는 조금 후 줄을 조금씩, 조금씩 잡아당기기 시작했다. 천장 판이 줄을 당기는 대로 조금씩, 조금씩 위로 올라가고 있었다. 참새는 이번에도 얌전하게 앉아 있었다.

할아버지는 기적이 일어나고 있는 것만 같아서 조심조심 천천히 연습을 계속하고 있었다. 보자기를 덮고 연습을 했고 보자기를 덮지 않고도 연습을 했다. 스르르 판이 내려가고 스르르 판이 올라갔다. 이제 진짜 마술을 하는 것처럼 할아버지는 판에 돌을 올려놓고 줄을 당기고 또 당겼다. 한 번은 참새가 보였고, 한 번은 하얀 돌멩이가 반짝이며 보였다.

할아버지는 입을 크게 벌리며 웃었다. 얌전해진 참새를 손바닥으로 꼭 안아주며 크게 웃었다. 마술 연습이 어느 정도 되었을 때 할아버지는 할머니와 기태, 지원이, 선하가 있는 앞에서 마술을 하고 있었다.

"할아버지? 저거 진짜 마술 상자 같아요."

지원이가 눈을 뎅그렇게 뜨고서는 할아버지에게 말했다.

할아버지는 예술제 무대에서 하는 것처럼 손과 발을 움직이며 마술을 하고 있었다. 혼자서 열심히 연습한 대로 마술 상자에 보자기를 덮고 마술사처럼 손을 마술 상자 위에서 이리저리 움직이다가 보자기를 살며시 들었다. 그러자 참새가 있던 자리에는 돌이 놓여 있었다. 할아버지는 다시 보자기를 덮고 나서 두 손을 마술 상자 위에서 이리저리 움직이다가 보자기를 살며시 들었다. 그러자 이번에는 돌이 있던 자리에 참새가 있었다.

"와!"

할머니도 기태도 지원이도 선하도 소리를 질렀다.

"할아버지! 요술 상자."

지원이가 말했다.

"아냐. 마술 상자야."

기태가 말했다.

할아버지는 마술사처럼 손을 움직이며 보자기를 들었다가 덮었다가를 계속하고 있었다.

"할아버지! 요술이야, 마술이야?"

선하가 할아버지한테 물었다.

"둘 다."

할아버지가 웃으면서 말했다. 할아버지는 참새 마술이 그런대로 된 것만 같아서 웃고 있었다.

"할아버지! 다른 거요."

선하가 다른 마술 보여 달라고 했다. 당연히 마술사들은 한 가지만 하고 있지 않기 때문에 선하는 할아버지가 다른 마술도 할 줄 아는 것으로 알고 있었다.

"그래! 차차 보여줄게. 오늘은 이것만 보여 주는 거야."

할아버지는 마술 장자를 잘 두면서 말했다.

"차차 모두 보여줄게. 알았지?"

할아버지는 웃으며 선하와 기태, 지원이에게 말했다. 할아버지는 웃으며 말했지만 가슴속은 그렇지 못했다. 뜨거운 물이 끓듯이 들끓고 있었다. 카드를 가지고 마술을 하여야 하고, 실을 가지고도 하여야 하고, 신문지나 아무 종이를 가지고도 하면서 몇 가지가 아니라 수십 가지의 마술을 하여야 하기 때문에 할아버지의 가슴은 들끓고 있었다.

할아버지는 마당에서 왔다 갔다 하다가 냇가에서 왔다 갔다 하다가 방에서도 왔다 갔다 하고 있었다. 참새 마술 상자를 만들 듯이 다른 마술 생각을 하고 있기 때문에 할아버지는 왔다 갔다 하고 있었다. 할아버지는 수없이 왔다 갔다 하면서 생각을 했지만 마술사들처럼 마술을 한다는 것은 기적이 일어나도 어림도 없는 일이기만 했다.

할아버지는 자신이 없었고 생각조차 할 수가 없었다. 다른 마술을 배운다 해도 할 수 있을 것 같지도 않았고 배울 수도 없었다. 그런가 하면 마술을 어디서 배우는지도 모르고 있다. 할아버지는 이럴 수도 저럴 수도 없는 처지를 안타깝게 걱정만 하고 있었다. 그렇다고 이제 와서 마술을 하지 못한다고 할 수도 없는데다가 참새가 돌로 변하는 마술 한 가지만 하겠다고 할 수도 없는 노릇이라 할아버지는 왔다 갔다 하면서 속이 타고 있었다.

할머니는 쓸데없이 여기저기 다니면서 사람들이 할아버지 소식을 묻기를 바라고 있다가 묻는 사람이 나타나면 혈안이 돼서 자랑을 늘어놓기만 했다.

할아버지는 허리가 아프고 다리가 아파도 몇 시간씩 왔다 갔다만 하고 있었다. 답답하기만 한 할아버지는 때를 거르고 잠을 설치며 시간이 갈수록 쇠약해지고 있었다.

이제는 할머니가 묻는 말에도 대답을 못 하고 있었다. 꿀 먹은 벙어리처럼 입을 다물고 있다가 벌떡 자리에서 일어나기도 하고 있었다. 밥도 먹을 수가 없었고 잠도 잘 수가 없었다. 할아버지는 점점 몸도 마음도 쇠약해져가기만 했다 할머니는 할아버지가 마술 때문에 그런다고 생각하면서도 사람들을 만나기만 하면 할아버지 자랑은 여전히 하고 있었다.

날이 가면 갈수록 소문은 퍼지고 있었다. 안녕초등학교에서 예술제를 한다는 것을 모르는 사람이 없게 되자 군수님이 알게 됐고 교육장님도 알게 됐다. 이제 안녕초등학교에서 예술제를 한다는 것을 모르는 사람은 찾을 수가 없게 됐다.

더군다나 교장 선생님이 사르르 사라진다는 소문 때문에 안녕초등학교는 물론 교장 선생님은 명실 공히 유명세를 타고 있었고 그 바람에 눈코 뜰 새 없이 바빠지고 있었다. 교장 선생님은 사방에서 걸려오는 전화를 받아야 했고 받고 나면 고맙다는 말을 하면서 소문대로 예술제는 멋있고 대단하다는 말만 늘어놓고 있었다.

그러자 군수님이 오겠다고 전화를 했고 교육장님도 오겠다고 전화를 해 왔다. 그 뿐만이 아니라 경찰서장님도 온다고 하고 헤아릴 수 없이 많은 사람들이 온다고 했다. 교장 선생님은 가슴을 쩍 벌리고 예쁘게 생긴 미술 선생님하고 상황판에다가 일일이 참석하겠다고 하는 사람들의 이름을 적어 놓고 있었다.

목수들이 체육관을 미술관으로 만드느라고 분주하게 움직이고 있었고. 운동장에서는 무대를 만드느라고 북새통이 일어나고 있었다. 교장 선생님은 축하 전화와 방문하는 손님들을 맞이하기에 하루해를 다 보내고도 모자라서 밤늦게까지 퇴근을 못 하고 있었다. 예쁘게 생긴 미술 선생님은 교문을 멋들어지게 만드느라고 사람들과 교문에 매달려 있었다. 학부형회에서는 매일같이 회의를 하고 점검을 하면서 예술제 준비에 혈안이 되어 있었다. 예술제 준비가 되어가는 대로 학교는 나날이 변해가고 있었다.

할아버지는 오늘도 왔다 갔다만 하고 있었다. 깊은 수렁에 빠진 듯이 허우적이고 있었다. 그러던 할아버지는 아주 특별한 생각을 하기 시작했다 할아버지는 이제 더 이상 우물거리고 있을 수도 없고 생각만 하고 있을 수도 없고 걱정만 하고 있을 수가 없는 처지라 사생결단을 내리고 있었다. 할아버지는 용단을 내렸다. 눈을 무섭게 뜨고 앞을 보고 있었으며 어금니가 모두 깨지도록 힘주어 물고 있었다. 할아버지는 두 주먹에 힘을 주면서 아주 특별한 생각을 하고 있었다.

교장 선생님은 식사할 시간이 없고 쉴 시간도 없다고 푸념을 하고 있었다.

"아! 오셔서 보십시오. 못 보시면 한 맺힙니다. 병도 나시고요. 오셔서 보십시오."

교장 선생님은 전화를 끊고 나면 손바닥을 탁탁 치면서 웃고 있었다.

사람들은 소문대로 할아버지가 손등을 '톡톡 톡' 하고 치면 교장 선생님이 사르르 사라진다고 믿고 있었다. 그리고 보게 될 날을 손꼽아 기다리고 있었다.

이제 예술제는 축제로 변해 가고 있었고 설날보다 더 좋은 설날이 되고 있었다. 기차도 사라지고 코끼리도 사라지는 마술 속에 교장 선생님은 어쩌면 구름을 타고 사라질지도 모른다고 상상들을 하면서 말들을 무성하게 늘어놓고 있었다.

교장 선생님은 날이 갈수록 꿈나라에서 살고 있는 것만 같은 기분에 빠져가고 있었고 변해 가고 있었다. 마술을 하는 순간 모든 세상은 신기루나 오로라처럼 신비하게 변할 것이라고 황홀한 생각에 빠져 있었다. 예술제를 준비하고 있는데 교장 선생님은 동화 속의 신데렐라 궁전으로 깊숙이 빠져가고 있기만 했다. 교장 선생님이 전화를 받을 때마다 학교는 동화 속으로 변해가고 있었다.

할아버지는 왔다 갔다 하는 것을 멈추지 못하고 있었다. 특별한 생각을 하면서도 할아버지는 왔다 갔다 하고 있었다. 그러던 어느 날 할아버지는 갑자기 왔다 갔다 하는 것을 멈췄다. 그리고 마술은 물론 예술제와는 상관도 없는 사람처럼 변해 있었다. 마치 딴 나라 사람처럼 변해 있었다. 물 끓듯 걱정을 하던 할아버지의 모습은 온데간데없이 사라져 버렸다.

할머니가 사람들에게 자랑을 하고 다니든지 말든지 소문이 이렇든 저렇든 아무 상관도 하지 않았고 횐둥이들과 개울과 들과 산으로 나들이를 다니며 산책을 즐기고 있었다. 할아버지가 변할 대로 변해서 마술에 관심을 갖고 있지 않자 할머니는 할아버지를 의심하면서도 마술 준비를 다 했기 때문에 변한 것으로 알고 있었다. 할머니도 할아버지처럼 변하고 있었고 마음 놓고 자랑을 하고 다녔다.

할아버지는 그림도 그리다가 책도 보다가 할머니와 차를 마시며 즐거워하고 있었다. 학교에서는 예술제 준비를 하느라고 눈코 뜰 새 없이 분주해도 할아버지는 물 건너 불 보듯 관심조차 없었다.

서쪽에서
해 뜨는 마을의 비밀
11

할머니는 할아버지에게 맛있는 음식을 만들어 주고 있었다. 할아버지는 맛있는 음식을 먹으며 즐거워하고 있었다. 그리고 마술은 물론 예술제하고는 대문을 걸어 잠그고 있었다. 마음마저 걸어 잠그고 있어서 할머니가 궁금한 것이 있어서 물어도 소용이 없었다. 할아버지는 대문을 걸어 잠근 듯이 입도 걸어 잠그고 있었다.

그러던 할아버지가 학교를 방문했다.

"허허허 허허."

할아버지는 교장 선생님을 보면서 웃고 있었다. 예술제 할 때 사람들이 안 올까 봐 터무니없는 소문을 퍼뜨려 놓고 시침 뚝 떼고 앉아 있다고 할아버지는 교장 선생님 얼굴을 보며 웃고 있었다. 교장 선생님이 그동안 어떻게 지내셨느냐고 물어도 할아버지는 교장 선생님 얼굴을 쳐다는 보면서도 웃기만 하고 있었다. 할아버지가 대답을 안 하고 슬금슬금 쳐다보면서 웃기만 하고 있자 교장 선생님도 웃기 시작했다.

"흐흐 흐흐흐 흐흐."

관중이 없을까 봐 젓가락으로 손등을 세 번 '톡톡 톡' 하고 치니까 교장 선생인 자기가 사르르 사라졌다고 헛소문을 내놓고 지금 그 헛소문을 시침 떼느라고 딴청을 부리고 있다고 교장 선생님도 할아버지처럼 웃고 있었다.

예쁘게 생긴 미술 선생님이 차를 들고 왔는데도 할아버지와 교장 선생님은 서로 마주 보면서 웃기만 하고 있었다. 교장 선생님은 할아버지가 시침 떼고 있는 모습이 재미가 있어서 웃고 있었다. 할아버지 또한 교장 선생님이 헛소문을 내놓고 능청떨고 있다고 하면서 웃고 있었다.

"요즘 고생이 많으시지요?"

할아버지가 예쁘게 생긴 미술 선생님을 보면서 말했다 그렇지만 교장 선생님한테는 관심이 없는 척하고 있었다. 유치원에서 참새가 돌로 변하는 마술만 하고 아이들한테 재미있는 동화 이야기나 해 주려던 것이 교장 선생님이 일을 크게 벌여놓고 헛소문까지 냈다고 생각하고 있기 때문에 교장 선생님은 반갑지 않은 척하고 있었다.

"우리 미술 선생님이 고생이 제일 많습니다. 저 운동장에 무대서부터 예술제 준비를 진두지휘하고 있습니다. 체육관도 미술관처럼 꾸몄습니다."

교장 선생님이 예쁘게 생긴 미술 선생님을 침이 마르게 칭찬하고 있어도 할아버지는 교장 선생님의 말에는 관심이 없는 척하면서 예쁘게 생긴 미술 선생님한테만 관심을 주고 있었다. 그래도 교장 선생님은 할아버지가 반가워서 할아버지가 딴청을 하고 있어도 반갑기만 했다.

"그날 말입니다."

할아버지가 말했다.

"그날요? 행사 날요? 예, 그날요."

할아버지 말에 교장 선생님은 더듬거리고 있었다.

"예."

"예."

할아버지와 교장 선생님은 서로 쳐다보면서 대답을 주고받고 있었다.

"관중이 얼마나 올 것 같습니까?"

할아버지가 못 이기는 척하면서 묻고 있었다. 그러자 교장 선생님이 그러면 그렇지 관중 때문에 헛소문을 내봤는데 그냥 넘어가실 리 없으시지 하면서 특별히 인심 쓰는 척하면서 말했다.

"관중이라면 미어터지지 않을까 합니다. 소문이 소문이니만치."

"허 허 허 허허."

교장 선생님 말에 할아버지는 웃음이 나오고 있었다. 그동안 할머니를 통해서 소문에 대해서는 잘 듣고 있었기 때문에 교장 선생님의 마음을 훤히 들여다 보고 있는 중이라 할아버지는 교장 선생님의 행동에 웃음이 나오고 있었다.

"학생들은 얼마나 되는지요? 예술제 참가 학생요."

할아버지는 교장 선생님을 충분히 이해하고 있기 때문에 본론으로 들어가서 준비하고 있는 실정을 묻고 있었다.

"그게 몇 명되기는 합니다."

교장 선생님이 예쁘게 생긴 미술 선생님을 쳐다보면서 말했다. 그러자 예쁘게 생긴 미술 선생님이 말했다.

"몇 명 안 돼요. 각 반에서 뽑아봤는데 개교한 지 몇 년 안 된데다가 특별히 발표회를 한 적이 없어서 몇 명 안 돼요."

"대충 잡아서 몇 명이나 됩니까?"

"열 명 정도 되고 있습니다."

"네……."

할아버지는 예쁘게 생긴 미술 선생님의 말에 고개를 끄떡이고 있었다. 그리고 잠시 생각하다가 할아버지는 입을 열었다.

"그 정도면 됐습니다. 학교 명분도 서고 학교에서 하는 예술제라고 해서 학생들이 많아야 할 건 없지요. 개교한 지 3년 됐지요?"

"예, 3년입니다. 이웃 화산초등학교에서 절반씩 나눴습니다."

"예, 좋은 기회가 됐으면 좋겠습니다."

"아마 그렇게 될 겁니다. 그 때문에 하는 거고요."

교장 선생님은 진지해지고 있었다.

할아버지는 예쁘게 생긴 미술 선생님을 보면서 미소를 짓고 있었다.

"마술이 어찌 되는지 알려주시면 식순을 작성도록 하겠습니다."

교장 선생님이 말했다.

"식순요? 음…… 그렇지요. 식순이 있어야 하지요. 이렇게 하시지요. 학생들이 등장하니까 1부는 학예회, 2부에는 마술로 하세요."

할아버지는 말해놓고 교장 선생님을 쳐다봤다. 그러자 교장 선생님도 할아버지를 쳐다봤다.

"그럼 마술 순서를 알려주세요."

"마술 순서요? 그건 1부 학예회, 2부 마술, 그렇게 하세요."

교장 선생님은 할아버지 말에 예쁘게 생긴 미술선생님을 쳐다봤다. 그러자 예쁘게 생긴 미술 선생님이 할아버지한테 다시 물었다.

"학생들은 모두 차례대로 쓰잖아요. 마술도 각기 이름이 있을 텐데요? 마술 이름들요."

"예."

"그 마을 이름을 알려주시면 순서지에 적을 텐데요."

교장 선생님이 묻고 있었다.

"이름을 일일이 쓰실 것 없고요. 그냥 마술이라고만 쓰세요. 오후 마술. 그렇게."

할아버지 말에 교장 선생님과 예쁘게 생긴 미술 선생님은 서로 마주 보고 있었다. 예술제를 하려면 식순에 마술 이름들이 적혀져야 하는데 마술이라고만 쓰라고 하는 것이 마음에 걸리고 있었다. 교장 선생님과 예쁘게 생긴 미술 선생님은 의문이 생기고 있었다.

"마술이라고만 쓰는 게 마음에 걸립니다. 한 가지만 하신다면 모르 지만 몇 가지를 하게 되면 제목을 써야 하는데 무슨 딴 뜻이 있으신지 요?"

교장 선생님은 할아버지를 살피고 있었다. 그러자 할아버지는 교장 선생님의 뜻을 모르는 바는 아니지만 그럴 필요가 없다는 태도로 말하 고 있었다.

"마술, 그렇게만 쓰세요. 마술, 그렇게만."

교장 선생님은 이해하지 못하고 있었다. 우선 소문에 나돌고 있는 것 만 해도 몇 가지가 되는데 왜 이름을 말하지 않는지 이해가 안 되고 있 었다. 식순에 마술 이름들을 쓰지 않겠다는 것을 이해할 수가 없었다. 그래서 다시 물었다.

"마술이라고만 쓴다고 안 되는 건 아니겠지만 마술 이름들을 안 쓴다 는 게 왠지 이상하기만 합니다. 사람들이 어떻게 볼는지도 모르겠고요."

교장 선생님은 사정하는 말투로 말하고 있었다.

"마술, 그렇게만 쓰세요. 구구한 거 안 써도 문제 안 됩니다."

할아버지는 똑같은 말만 되풀이하고 있었다.

교장 선생님은 다시 생각했다. 할아버지 말대로 마술 그렇게만 쓴다고 가정하고 생각했다. 안녕초등학교 예술제, 그리고 학생들 이름과 노래면 노래 이름, 춤이면 춤 이름을 전부 써내려 간 다음 할아버지가 할 마술에 가서는 무조건 '마술'이라고만 쓴 순서지를 머릿속으로 떠올려 보고 있었다. 그런데 이상하기만 했다. 학생들 것은 제대로 모두 쓰고서는 정작 중요한 마술에 가서는 아무것도 안 쓴다는 것이 마음에 들지 않았다. 그리고 무엇보다도 할아버지가 왜 그러는지 알고 싶었다. 반드시 써야 할 내용들을 왜 쓰지 않으려고 하는지 할아버지 속내를 알고 싶었다.

교장인 자기가 사르르 사라진다고 소문까지 내놓고 있는 분이 왜 그러는지 알 수가 없었다. 그리고 참새가 사라진다는 마술을 한다고 했으니까 참새가 사라지는 마술과 교장인 자기가 사라지는 마술만 써도 되는데 왜 그것마저 쓰지 않으려고 하는지 이해가 안 되고 있었다. 그래서 교장 선생님은 할아버지에게 다시 물었다.

"그러시면 마술을 하실 때 하고 싶은 대로 막 하나요? 순서 없이."

"그렇지 않습니다."

그렇지 않다는 할아버지 말에 교장 선생님은 더욱 알 수가 없었다. 그렇다면 왜 굳이 안 쓰려고 하는 건가. 써야 하는 것이 원칙인데 교장 선생님은 다시 묻기 시작했다.

"그렇지 않으시면 왜 순서 없이 하시려고 하세요? 순서를 정해놓고 그 순서대로 하시면 마술 하실 때마다 편리하고 구경하는 사람들도 기대감이 있고, 준비하고 돕는 사람들도 편리할 텐데요."

"그렇겠지요. 그렇지만 그렇게 하지 않아도 재미있고 편리합니다."

교장 선생님은 할아버지 얼굴만 쳐다보고 있었다. 더 이상 묻는다는 게 의미가 없어서 물을 수가 없었다. 예쁘게 생긴 미술 선생님도 할아버지 마음을 짐작할 수가 없었다. 왜 마술 이름들을 말하지 않고 있는지 이해할 수가 없었다. 마술을 안 할 거면 모르지만 할 거라면 당연히 마술 이름들을 써야 하는데 왜 쓰지 않으려고 하는지 이해를 할 수가 없었다. 예쁘게 생긴 미술 선생님도 교장 선생님처럼 할아버지 얼굴만 쳐다보면서 말문이 막히고 말았다.

"그날 보면 압니다."

할아버지가 예쁘게 생긴 미술 선생님의 얼굴을 보면서 걱정할 필요가 없다는 어조로 말하고 있었다. 이렇다 저렇다 하는 말은 하나도 없이 그날 보면 압니다, 하는 말을 하고 있었다. 교장 선생님은 할아버지 얼굴만 쳐다보고 있었다. 그러자 할아버지는 교장 선생님한테도 같은 말을 하고 있었다.

"그때 보면 압니다."

할아버지가 다른 말은 한마디도 없이 그때 보면 압니다, 하는 말만 하고 있어서 교장 선생님은 심란해지고 있었다. 교장 선생님이나 예쁘게 생긴 미술 선생님은 할아버지가 어떤 속사정이 있어서 그러는 것만 같아서 그 속사정이 궁금했다. 식순을 정하고 그 식순에 의해서 진행을 해야 되는데 왜 그것을 마다하는지 할아버지의 속내가 궁금하기만 했다. 교장 선생님이나 예쁘게 생긴 미술 선생님은 맥이 빠지고 있었다.

예쁘게 생긴 미술 선생님은 할아버지와 교장 선생님이 만나면 장난을 했기 때문에 혹시 지금 장난이 아닌가 하는 생각까지 하고 있었다.

아니라면 할아버지가 왜 그러는지 알고 싶기만 했다. 설명을 해도 소용이 없고 이해를 못 할 분도 아닌데 말을 안 하고 있으니 무슨 까닭인지 답답하기만 했다. 예쁘게 생긴 미술 선생님은 고개를 떨어뜨리고 말았다. 교장 선생님도 묻지 않고 있었다. 잠시 후 예쁘게 생긴 미술 선생님은 다시 할아버지를 쳐다보면서 말하고 있었다.

"마술마다 이름이 있잖아요."

"그럼, 있지요."

"그 이름들 말하면 안 돼요?"

"그때 보시면 됩니다."

할아버지는 예쁘게 생긴 미술 선생님의 얼굴을 보면서 입을 다물어 버리고 말았다. 굳은 얼굴을 하고서 다시는 입을 열지 않을 것처럼 딱 다물었다. 예쁘게 생긴 미술 선생님은 할아버지의 굳은 얼굴을 보면서 더 이상 물어봤자 소용이 없겠구나 하고 생각하고 말았다. 예쁘게 생긴 미술 선생님은 실망스러운 얼굴을 하고 있었다. 할아버지 속내도 모르겠고 더 이상 물을 수도 없고 입장만 난처해지고 있었다. 이제 더 이상 묻는다면 할아버지 기분이 상할 것만 같아서 더 이상 묻지도 못하고 있었다.

교장 선생님도 가만히 앉아 있고 할아버지도 가만히 앉아 있고 예쁘게 생긴 미술 선생님도 가만히 앉아 있다가 예쁘게 생긴 미술 선생님이 자리에서 일어나 할아버지와 교장 선생님 찻잔에 따듯한 차를 따르고 있었다.

할아버지는 눈을 감고 꽃들이 가득히 피어 있는 숲 속을 생각을 하고 있었다. 그리고 그 숲에서 귀여운 아이들에게 재미있는 동화 이야기를 들려주면서 동화 속으로 들어가고 있었다. 동화 속에서 할아버지는 귀여운 아이들과 뛰어놀고 있었다. 아름다운 새들이 날아다니고 있고 빛나는 뿔을 번뜩이는 사슴과 푸른 숲 속에서 귀여운 아이들과 노래를 부르며 춤을 추고 있었다.

할아버지는 귀여운 아이들과 뛰어놀고 있는 숲에서 백설 공주가 살고 있는 궁전으로 가고 있었다. 백설 공주가 살고 있는 궁전으로 들어가자 백설 공주가 반짝이는 찻잔에 달콤한 차를 따라주며 할아버지 앞에서 춤을 추고 있었다.

할아버지는 백설 공주의 춤을 보면서 푸른 하늘에서 새처럼 훨훨 날아다니고 있었다. 그러면서 할아버지는 귀여운 아이들이 춤을 추는 것을 보고 있었다. 할아버지는 춤을 추는 귀여운 아이들을 바라보면서 귀여운 아이들을 향해서 말하고 있었다.

"참새의 마술 상자, 그 밖에 50가지의 마술."

할아버지는 귀여운 아이들과 백설 공주를 바라보면서 웃고 있었다. 웃고 있는 할아버지의 얼굴은 잠자는 아기 얼굴처럼 포근하고 편안했다.

"지금 뭐라고 하셨습니까? 그 밖에 50가지의 마술? 참새의 마술 상자, 그 밖에 50가지의 마술?"

예쁘게 생긴 미술 선생님은 눈을 동그랗게 뜨고서 말하고 있었다.

"예? 아, 제가 뭐라고 했지요?"할아버지는 눈을 뜨면서 말했다.

"방금 그러셨어요. 참새의 마술 상자, 그 밖에 50가지의 마술, 그러셨어요."

예쁘게 생긴 미술 선생님이 할아버지를 향해서 말했다.

"그랬지요? 그랬어요, 그랬어요. 그렇게 쓰세요."

"그러니까 마술 순서에서 '참새의 마술 상자 그 밖에 50가지 마술' 그렇게요?"

할아버지는 예쁘게 생긴 미술 선생님이 묻는 말에 대답은 하지 않고 숲 속에서 귀여운 아이들이 노래하며 춤추는 모습을 보면서 웃고 있었다. 할아버지는 백설 공주가 선녀처럼 춤을 추고 있는 모습도 보고 있었다. 할아버지는 잠자는 아기처럼 편안하게 웃고 있었다.

"50가지나 돼요, 마술이?"

"네, 더 됩니다."

할아버지는 백설 공주를 보면서 대답했다

"참새의 마술 상자 그 밖에 50가지의 마술, 그렇게 쓰세요."

할아버지는 백설 공주에게 말해주고 있었다. 선녀처럼 춤을 추고 있는 백설 공주를 향해서 말하고 있었다. 예쁘게 생긴 미술 선생님은 감격한 나머지 할아버지를 우러러보고 있었다.

"고맙습니다. 저희는 그런 줄을 모르고 그만…… 고맙습니다, 감사합니다."

예쁘게 생긴 미술 선생님은 울먹이고 있는 듯이 말하고 있었다.

교장 선생님은 소리 없이 웃고 있는 할아버지의 편안한 얼굴을 보고 있었다. 교장 선생님 그리고 예쁘게 생긴 미술 선생님은 아기처럼 편안하게 웃고 있는 할아버지를 바라보면서 입을 다물지 못하고 있었다. 잠자는 아기처럼 웃고 있던 미소가 사라지면서 할아버지는 교장 선생님에게 말하고 있었다.

"그분들 있지요? 유치원 아이들 어머니요."

"예, 그분들요."

"만났으면 좋겠습니다."

할아버지는 말하고 있었다.

교장 선생님은 예쁘게 생긴 미술 선생님에게 사납게 생긴 여자와 착하게 생긴 여자에게 연락을 하라고 했다. 예쁘게 생긴 미술 선생님은 전화를 하고 나서 어딘가로 또 전화를 했다.

그리고 잠시 후 치렁거리는 옷을 좋아하는 음악 선생님이 들어왔다. 치렁거리는 옷을 좋아하는 음악 선생님은 할아버지에게 인사를 하고 난 후 예쁘게 생긴 미술 선생님과 나란히 앉았다. 그리고 또 잠시 후 문이 열리면서 사납게 생긴 여자와 착하게 생긴 여자 그리고 교감 선생님이 들어왔다. 할아버지는 자리에서 일어나 사납게 생긴 여자와 착하게 생긴 여자 그리고 교감 선생님과 악수를 하며 반가워하고 있었다.

모두 자리에 앉고 나자 교장 선생님이 아직도 다물지 못하고 있던 입을 움직이며 말하기 시작했다.

"예술제 준비가 다 됐습니다. 음악 선생님, 참가하는 학생이 몇 명이나 되나요?"

"유치원 선생님이 유치원원생들이 꼭 출연해야 한다고 부탁해서 그렇게 하다가 보니까 열여섯 학생이 되었습니다. 그중에 무희가 셋입니다. 나머지는 모두 노래입니다."

"수고하셨습니다. 유치원생들을 포함하신 것 잘하셨습니다. 유치원생들은 보기만 해도 귀여운데 무대에서 재롱을 떤다면 얼마나 귀엽겠습니까? 뒹군다면 더 귀엽죠. 잘하셨습니다."

치렁거리는 옷을 좋아하는 음악 선생님은 교장 선생님이 칭찬하자 얼굴이 붉어지고 있었다.

"교감 선생님! 이제 예술제 모든 계획이 완료되었습니다. 시작만 남았습니다. 5일 남았지요? 수고하셨습니다."

교장 선생님은 기쁨을 감추지 못하고 있었다.

사납게 생긴 여자와 착하게 생긴 여자는 교장 선생님이 이제 예술제가 다 됐다는 말을 듣고 눈을 반짝이고 있었다. 교장 선생님이 기쁨을 감추지 못하고 있는 것을 보면서 더욱 눈빛들이 반짝이고 있었다.

할아버지가 마술을 하더라도 몇 가지에 불과할 줄 알았는데 50여 가지라고 하는 말에 교장 선생님은 기쁨을 억제하지 못하고 있었다. 그리고 할아버지가 교장인 자신을 사르르 사라지게 한다고 소문을 낸 까닭을 알 수가 있었다. 그리고 할아버지가 소문을 낸 것을 잘한 일이라고 하면서 교장 선생님은 할아버지의 깊은 뜻이 있었다는 것을 무엇보다도 기뻐하고 그 기쁨을 감추지 못하고 있었다. 교장 선생님은 웃고 있었다.

"이제 멋지게 예술제 치르도록 합시다."

교장 선생님은 교감 선생님에게 말하면서 기쁨을 감추지 못하고 있었다.

"네, 알겠습니다."

교감 선생님은 교장 선생님이 기뻐하는 것을 보고 모든 일이 잘됐다는 것을 알 수 있었다. 교감 선생님은 기뻐하고 있는 교장 선생님과 할아버지 얼굴을 보고 있었다. 사납게 생긴 여자와 착하게 생긴 여자도 할아버지와 교장 선생님을 번갈아 보고 있었다.

"제가 뵙자고 했습니다. 부탁드릴 것이 있어서요."

눈빛이 빛나고 있는 사납게 생긴 여자와 착하게 생긴 여자를 쳐다보면서 할아버지가 말했다. 할아버지가 부탁할 것이 있다고 하자 사납게 생긴 여자는 더욱 눈을 반짝이며 말했다.

"무슨 부탁이에요? 조수하기로 했는데요?"

사납게 생긴 여자는 반짝이는 눈으로 할아버지를 보면서 묻고 있었다.

"저, 피에로라고 있잖아요?"

"네! 피에로라면 서커스 할 때 사람이잖아요."

"네, 그렇지요. 그 피에로 때문에 좀 뵈었으면 해서 그럽니다."

사납게 생긴 여자는 입을 내밀면서 듣고 있었다.

할아버지는 다시 말했다.

"피에로가 필요합니다, 예술제에."

"예술제에요? 서커스처럼요?"

"네."

사납게 생긴 여자는 마치 피에로가 된 기분으로 할아버지 말을 듣고 있었다.

"두 분이 피에로가 되어 주십시오."

"와!"

사납게 생긴 여자는 소리 질렀다. 그리고 할아버지와 교장 선생님 그리고 착하게 생긴 여자를 쳐다보면서 기뻐하고 있었다.

"빨간 코에 하얀 얼굴 그리고 엉터리 옷을 입은 바보."

"네, 그렇지요! 엉터리 바보지요."

사납게 생긴 여자는 기쁨을 감추지 못하고 있었다.

"그래서 말씀드리는데요, 그 피에로가 무대에 서려면 피에로 옷을 입어야 하잖아요. 그 피에로 옷을 좀 부탁드리려고 뵙자고 했습니다."

"피에로 옷이요?"

"예, 어디서 구해야 합니다."

"어디서 구하다니요. 저희가 만들겠습니다. 저 그런 거 잘 만들어요. 친구하고 만들게요."

"그러시면 고맙고요. 그런데 교장 선생님과 제 것도 만드셔야 합니다."

"걱정 마세요. 저희가 책임지고 만들게요. 화가 선생님, 교장 선생님, 그리고 저희들 것"

사납게 생긴 여자는 신바람까지 나고 있었다. 그리고 당장 달려가서 만들고 말 태세를 하고 있었다.

"그럼 두 분을 믿고 있겠습니다."

"그러면요. 믿으셔야지요."

사납게 생긴 여자는 당장 달려가서 만들 것처럼 수선스러워지고 있었다.

"옷감 구입도 그렇고 날짜도 얼마 없고 네 벌이나 돼서 힘드실 겁니다."

할아버지는 걱정스러운 표정으로 사납게 생긴 여자에게 말했다.

"괜찮아요. 걱정하지 마세요. 엉터리 옷이라……."

"너무 엉터리면 안 돼."

착하게 생긴 여자가 사납게 생긴 여자를 보면서 나지막한 소리로 말했다. 할아버지는 미소를 지으면서 사납게 생긴 여자와 착하게 생긴 여자를 바라보고 있었다. 교장 선생님은 할아버지가 피에로 옷을 입고 예술제를 할 생각을 하고 있었다는 것을 알면서 더욱 더 감탄을 금치 못하고 있었다. 그리고 슬그머니 말참견을 하고 있었다.

"그러니까 피에로 교장이 탄생하는 중이군요!"

"그런 셈이 되나 봅니다. 허허허."

할아버지가 웃으며 대답하고 있었다.

"마술이란 게 사람 혼을 빼가는 건데 50가지가 넘는 마술을 하는 동안 피에로가 무대를 누비니 그야말로 천국이 따로 없습니다."

교장 선생님은 할아버지가 고맙고 감사하기만 해서 기쁜 마음을 감추지 못하고 있었다. 할아버지를 만나게 되면 언제나 좋은 일들이 벌어지고 있어서 교장 선생님은 감탄을 금치 못하고 있었고 놀라움을 금치 못하고 있었다.

"마술이 50가지나 돼요?"

사납게 생긴 여자가 교장 선생님을 보면서 놀라고 있었다. 착하게 생긴 여자도 교감 선생님도 치렁거리는 옷을 좋아하는 음악 선생님도 눈을 크게 뜨고 있었다. 학생들의 예능 발표나 하고 미술 전시나 하면서 마술이라는 것은 기대하지도 않았는데 50여 가지가 넘는다니 놀라운 일이 아닐 수 없었다.

할아버지는 웃고 있었다.

사납게 생긴 여자는 두 눈을 무섭도록 커다랗게 뜨고 할아버지를 보고 있었다.

"상상이 안 돼요. 어떻게 50가지나 되지요? 이틀이 걸려도 다 못 하겠네요."

사납게 생긴 여자는 입을 다물지 못하고 할아버지를 보고 있었다.

"허 허 허 허허……."

할아버지는 왕방울을 하고 있는 사납게 생긴 여자를 보면서 자꾸만 웃고 있었다. 그리고 웃음을 멈추는가 싶더니 여운이 남는 말을 하고 있었다.

"어디 마술뿐이겠습니까?"

할아버지는 창 너머로 보이는 운동장을 바라보고 있었다. 붉은 장미가 흐드러지게 피어 있는 운동장을 할아버지는 창 너머로 보고 있었다. 그리고 무대도 보고 있었다.

"마술 말고 뭐가 또 있어요?"

할아버지는 교장 선생님의 묻는 말에 대답하지 않고 빙긋이 웃고 있었다.

교장 선생님은 할아버지가 남기고 있는 여운에 궁금증을 가지고 넌지시 물었다. 소문으로 듣고 있었던 손등을 두드리면 사르르 사라지는 마술 이야기가 듣고 싶어서 궁금증이 생기고 있었다. 그래서 슬그머니 할아버지 눈치를 살피고 있었다. 참새가 사라지고 돌이 사라지는 마술 이야기는 할머니가 미장원에서 말한 것이라 알고 있지만 교장 선생님이 사라진다는 마술은 소문으로만 들었기 때문에 궁금하고 듣고 싶었다. 그렇지만 할아버지는 교장 선생님이 묻고 있었던 말에 대해서 대답을 안 하고 있었다. 교장 선생님은 할아버지가 말해주기를 침을 삼키며 기다리고 있었다.

서 쪽 에 서
해 뜨는 마을의 비밀
12

할아버지는 교장 선생님이 묻던 말을 생각하고 있었다. 그렇지만 할아버지는 교장 선생님이 묻던 말에 관해서 대답할 생각을 하지 않고 있었다.

교장 선생님은 침을 삼키며 기다리고 있었다. 손등을 세 번 '톡톡 톡' 하고 치니까 교장인 자기가 스르르 사라졌다는 마술 이야기를 소문으로만 들었기 때문에 할아버지 입으로 직접 듣고 싶어서 교장 선생님은 침을 삼키고 있었다. 더군다나 사람들이 그 마술에 관해서 궁금해 하고 묻기만 하면 그동안 자랑해 왔기 때문에 할아버지에게 직접 듣고 싶었다.

할아버지는 눈을 감았다 떴다 하면서 가만히 있기만 하였다. 그런가 하면 뭔가 생각하고 있는 것만 같았다. 교장 선생님은 할아버지가 말을 할까 말까 하고 있는 것만 같아서 조바심까지 나고 있었다.

"저 화가 선생님! 우리 있잖아요, 피에로 옷 입고 어떻게 하는 거예요?"

사납게 생긴 여자가 할아버지가 말을 할 것 같으면서도 말을 하지 않고 있자 궁금한 것을 참을 수 없어서 물었다. 그러자 할아버지가 살며시 사납게 생긴 여자를 쳐다보았다. 그러자 사납게 생긴 여자는 다시 입을 열었다.

"피에로 옷 입고요. 우리가 무대에서 피에로 할 거잖아요."

"예."

"그래서 궁금한 게 많아요."

"네! 그렇지만 지금은 드릴 말씀이 없습니다. 그날 다 아시게 됩니다."

"그래도 지금 조금만 얘기해 주시면 좋은데. 구체적으로."

"구체적인 거 지금 듣지 않으셔도 괜찮아요."

"피에로 옷 입고 조수 하는데 아무거나 얘기해주시면 좋은데 아무것도 모르면 큰일 나면 어쩌죠?"

"큰일 날 거 없고요, 그날 다 아시게 됩니다."

할아버지는 살짝 웃기까지 하였지만 더 이상 마술 이야기는 하지 않았다

"그래도 지금 알고 싶은데요, 아무 거라도."

사납게 생긴 여자는 할아버지 말을 물고 늘어지고 있었다.

교장 선생님도 말하고 있었다.

"아무 말이나 마술에 대한 얘기하실 수 있는 것은 얘기해 주세요. 그러고 보니까 아무것도 들은 게 없어서 궁금합니다."

"그때 모두 아시게 됩니다."

할아버지는 왜 그런지 더 이상 말을 하려 하지 않고 있었다. 사납게 생긴 여자는 물론 교장 선생님을 비롯해서 모두 눈을 껌벅이고 있었다.

뭔가 깊이 생각을 하고 있던 할아버지가 입을 열기 시작했다.

"지금 듣지 않아도 걱정하실 것 없으십니다. 큰일도 안 나고요. 연습을 하실 것도 없으십니다. 마음만 단단하게 먹고 계시면 됩니다. 그리고 말씀드리겠습니다. 학교 교문은 물론이고 길옆으로 깃발 같은 것도 세우시고 현수막도 만들어 거십시오. 학교 주변은 물론이고 마을에도 거십시오. 최대한 멀리 거십시오. 안용중학교 앞에 있는 병점다리 앞에도 거십시오. 운동장만 아름답게 꾸미지 마시고요. 멀리서 봤을 때 예술제 분위기가 나도록 해주세요. 다시 말씀드리지만 예술제에 관해서는 조금도 걱정하지 마시고 준비를 철저히 해 주실 것을 부탁드립니다. 이제 이만 저는 가보겠습니다. 잘 부탁드립니다."

할아버지는 자리에서 일어나고 있었다.

할아버지는 아쉬움을 남기고 문 밖으로 가고 있었다. 뜨거운 태양 볕 속으로 할아버지는 걸어가고 있었다. 하늘에서는 흰 구름이 조각배처럼 둥둥거리며 떠다니고 있었다. 그리고 할아버지 곁에서는 흰둥이들이 할아버지와 걷고 있었다.

"어디 갔었어요?"

"학교에요."

할아버지는 눈을 감은 채 대답하고 있었다.

"학교요? 말 들으니까 무대를 멋지게 꾸민다던데 멋있어요? 어때요?"

"예."

할아버지는 뜨거운 물을 마시면서 대답했다.

"학부모들이 꾸민대요."

할아버지는 할머니 얼굴을 바라보았다.

"학부모가 꾸며요?"

"모르시는구나! 학부모들이 전부 하는 거래요."

할아버지는 금시초문이라 할머니 말을 듣고 나서 고개를 끄떡끄떡하고 있었다. 할머니는 할아버지를 보면서 컵에다가 물을 더 붓고 있었다.

"5일 남았잖아요. 준비는 다 되셨어요?"

할머니 말에 할아버지는 고개를 갸우뚱했다. 참새 마술 상자 하나만 만들고 나서 더 이상 준비하는 것도 없었고 연습하는 것도 없었기 때문에 할머니는 묻고 있었다.

5월만큼이나 안녕초등학교 예술제는 화창하게 꾸며져 가고 있었다. 할아버지에게 아무 말을 듣지 못하여 아쉬움이 남아 있지만 교장 선생님은 할아버지가 예술제에 대해서 준비해달라고 한 것을 철저히 하고 있었다.

운동장에 거미줄처럼 늘어지게 걸어놓은 만국기에는 오색종이로 꽃을 만들어 더욱 화려하게 매달았다. 교문 역시 할아버지가 말한 대로 만들어지고 있었다. 길 양쪽에도 깃발을 줄이어 세워 놓았다. 할아버지가 당부하고 간 것은 한 가지도 빠트리지 않고 차질 없이 모두 준비하고 있었다.

이제 예술제는 초를 읽는 일만 남았다. 그 바람에 마을들은 물론 집집마다 잔칫날을 맞이하는 듯이 시끌시끌 했다. 떡을 만드는가 하면 전을 부치고 고깃집에서 고기를 사 나르기 바빴고 갖가지 음식을 만드느라 밤낮이 따로 없었다. 음식점들은 음식점대로 많은 음식을 준비하느라고 밤을 새우고 있었고 통닭집은 불이 붙어 있었다.

교장 선생님은 사람들이 묻기만 하면 더욱 큰 소리로 대답하고 있었다. 이제 예술제 준비는 더 이상 할 것이 없었다. 모든 준비가 끝나가고 있을 때 교장 선생님은 할아버지에게 전화를 했다. 준비가 완료되었으니 한번 둘러보시라고 전화를 했다. 점심을 먹기 전에도 전화를 했고 손님과 차를 마시고 나서도 전화를 했다. 틈만 나면 교장 선생님은 할아버지에게 전화를 했다. 그렇지만 전화를 할 때마다 할아버지는 없었다. 할아버지는 전화를 받지 않았다. 전화를 할 때마다 "지금은 전화를 받을 수 없으니 잠시 후 다시 걸어 주십시오." 하는 소리만 들리고 있었다.

다음 날에도 할아버지는 전화를 받지 않고 있었다. 한 번, 두 번, 열 번을 해도 할아버지는 전화를 받지 않았다. 교장 선생님은 걱정이 되기 시작했다. 그리고 시간이 가면서 초조해지고 있었다. 초조함은 조바심으로 변하고 있었고, 조바심은 다시 두려움으로 변하고 있었다. 그리고 두려움은 불안해지고 있었고 뒤이어 불길한 기분으로 변해가고 있었다.

교장 선생님은 별의별 생각을 하기 시작했다. 그럴 때마다 할아버지가 마술을 준비하느라고 경황이 없어서 전화를 받을 만한 틈이 없을 거라고 생각했다. 그런가 하면 50여 가지나 되는 마술을 연습하다 보니 힘이 든 나머지 쉬고 있는 중일 것이라고 스스로 위안을 하고 있었다. 그렇지만 그 위안은 오래가지 못했다.

교장 선생님은 사납게 생긴 여자와 통화를 하고 있었다.

"할아버지 선생님이 안 계세요? 저에게 피에로 옷이 다 됐느냐고 해서 그렇다고 했더니 보고 싶다고 하셔서 보여 드리러 갔다가 할아버지 선생님 것은 드리고 왔는데요. 그런데 안 계시다니요?"

"그게 언제입니까?"

"어 그제 저녁때쯤요. 피에로 옷이 맘에 드신다고 하면서 고생했다고 하셨는데요."

"안 계십니다."

"안 계세요? 그러면요 저희가 할아버지 선생님 댁에 들러서 만나 뵐게요. 할아버지 선생님이 바쁘셔서 미처 전화를 못 받고 계실지 모르잖아요. 저희가 들를게요."

"그러시겠어요? 감사합니다. 연락 기다리고 있겠습니다."

"네, 그렇게 할게요."

교장 선생님과 말을 마친 사납게 생긴 여자는 착하게 생긴 여자와 할아버지 댁으로 향했다. 전화보다는 직접 방문하여 할아버지 소식을 확인하는 게 낫다고 생각했기 때문에 직접 방문하기로 했다.

할아버지 집에는 얼굴이 파랗게 질린 할머니가 쪼그리고 앉아 있었다. 그리고 할머니는 사납게 생긴 여자와 착하게 생긴 여자를 보자 금방이라도 눈물이 펑펑 쏟아질 것처럼 울먹이고 있었다. 할머니의 얼굴은 수심에 찌들어 있었다. 사납게 생긴 여자와 착하게 생긴 여자는 한눈에 지금 사정이 어떻다는 것을 알 수 있어서 아무 말도 못 하고 가슴이 철렁했다.

"차를 몰고 나가셨는데 안 오세요. 전화도 없어요."

할머니는 떨고 있었고 목소리는 울음소리가 섞여 있었다.

"웬일이시죠?"

"모르겠어요. 이런 일이 없었기 때문에."

사납게 생긴 여자와 착하게 생긴 여자는 떨고 있는 할머니를 부추기며 안으로 들어갔다. 할머니는 덜덜덜 떨어가며 찻잔을 들고 오고 있었다.

"통 이런 일은 없었기 때문에 무슨 변고가 난 것만 같아서 어쩌면 좋을지 모르겠어요. 별일이 없어야 할 텐데."

할머니는 숨을 몰아쉬어가며 그동안 있었던 일들을 더듬거려가면서 모두 이야기하고 있었다. 사납게 생긴 여자와 착하게 생긴 여자는 심각하다는 것을 직감하고 있었다.

"설마 무슨 일이야 있겠어요? 바람 쐬러 나가신 김에 아무도 모르는 곳에서 푹 쉬시고 계시겠지요. 틀림없이 조용한 곳에서 쉬고 계실 거예요. 너무 상심 마세요."

착하게 생긴 여자는 할머니 손을 잡으며 위로를 하고 있었다.

"네, 아무 일 없으실 거예요. 화가 할아버지가 어떤 분이신데요. 믿으세요."

사납게 생긴 여자도 할머니 손을 잡으며 말하고 있었다. 사납게 생긴 여자와 착하게 생긴 여자는 글썽이는 할머니를 뒤로하고 교장 선생님이 기다리고 있는 학교로 달려갔다. 그리고 할머니처럼 얼굴이 찌들고 있는 교장 선생님과 마주 앉았다.

"할머니께서 말씀하시기를 처음 있는 일이라 짐작이 가지를 않는다고 하시며 집을 나설 때는 반드시 얘기를 하셨대요. 그리고 이 일이 있으면서부터 잠을 자지 못하셨고 조석을 걸러 병이 나기도 했었다고 하시며 마술 때문에 이런 일이 벌어졌다고 하셨어요."

교장 선생님은 사납게 생긴 여자의 말을 들으면서 눈앞이 캄캄해지고 있었다. 심장이 소용돌이치면서 고통스럽게 뛰고 있었다. 그리고 정신은 분간할 수 없이 혼란스러워지고 있었다. 머리가 혼탁해지면서 사납게 생긴 여자와 착하게 생긴 여자가 흐려지고 있었다. 몸은 어느새

기진맥진해지고 있었다.

"우리가 찾아보는 게 어때요?"

사납게 생긴 여자가 가느다랗고 가냘픈 소리로 말하고 있었다.

"잘못됐나 봐요."

교장 선생님은 풀이 죽어서 가라앉을 대로 가라앉은 탁한 목소리로 말하고 있었다.

다음 날, 이상한 일이 벌어졌다. 할아버지의 그림을 실은 차가 학교로 들어오고 있었다. 교장 선생님은 물론 교감 선생님 예쁘게 생긴 미술 선생님은 단숨에 달려 나갔다. 교장 선생님은 교감 선생님이 묻고 있는 소리를 듣고 있었다. 그리고 운전기사가 하는 말을 듣고 있었다.

"그림들을 표시 해 주시면서 학교에 싣고 가서 잘 걸어주기만 하면 된다고 하셨어요. 어디예요, 걸 데가?"

"그게 언제였습니까?"

"며칠 됐어요."

그러면서 그림을 싣고 온 사람은 오늘 할아버지는 없었고 할머니는 병이 나셨다는 말도 하고 있었다.

도대체 할아버지는 어떻게 됐단 말인가. 할아버지는 왜 연락이 안 되고 있는 걸까? 교장 선생님은 물만 마시고 있었다. 마신 물은 헛바닥을 찢는지 뚫는지 쑤시고 있었다. 사납게 생긴 여자와 착하게 생긴 여자는 할머니와 함께 하루 종일 할아버지 소식을 기다리고 있었다. 그렇지만 할아버지의 소식은 감감하기만 했다. 할아버지 소식을 아는 사람은 그 어디에도 없었고 소식을 알 수 있는 사람도 없었다.

소식을 기다리는 사람들은 모두 지쳐가고 있었다. 시간은 흐르고 있었고 기다리는 사람들의 마음은 초조하기만 하다가 까맣게 타들어 가고 있었다. 활활 타던 예술제는 불이 꺼지듯이 차디차게 식어가다가 깊은 수렁으로 빠져들어 가고 있었다.

교장 선생님은 이제 여기저기 기웃거리며 방황하던 발걸음을 멈추고 의자에 앉아 있어야 했다. 시간이 갈수록 인내는 소진되고 있었다. 마음은 찌들어 가고 있었으며 나약해져 가고 있었다. 교장 선생님은 지난 일들을 책장을 넘기듯이 넘겨가고 있었다. 할아버지를 처음 만났을 때부터 일어난 일들을 한 장 한 장 넘겨가고 있었다.

오랜만에 만나는 바람에 무턱대고 좋기만 해서 무조건 일을 벌이기만 했던 자신을 한 가지도 빠트리지 않고 더듬어 보고 있었다. 할아버지와 헤어진 후 항상 보고 싶기만 했던 분이었고, 다시 만나자 마술까지 한다는 바람에 앞뒤 가리지 않고 마음대로 일을 벌여놓았던 자신을 더듬어 보고 있었다. 그리고 그 모든 것이 경솔하기 짝이 없는 짓이기만 해서 자신을 발기발기 종이 찢듯이 찢고 있었고 두 주먹에 힘을 주고 가슴을 치고 있었다. 무엇보다 할아버지가 얼마나 견디기 어려웠으면 집을 나가야 했고 연락마저 못하고 있겠는가 하는 생각에 교장 선생님은 미어지는 가슴을 치면서 생각하고 있었다.

예술제도 예술제지만 할아버지가 가엾어서 교장 선생님은 가슴을 쳐대고 있었다. 그리고 빙긋이 웃기를 좋아하는 할아버지를 커다랗게 떠올리며 보고 싶어 하고 있었다. 횐둥이들과 어울려 빙긋이 웃고 있던 할아버지를 떠올리고 있었다.

교장 선생님은 가슴을 퍽퍽 치면서 할아버지를 떠올리고 있었다. 이것저것 예술제 준비할 것들을 지적하며 마술이 50가지나 된다고 하던 할아버지를 떠올리고 있었다. 할아버지가 어디로 갔단 말인가?

교장 선생님은 고개를 흔들었다. 그리고 식은땀을 흘리고 있었다. 경솔하기만 했던 자신을 탓하다가 연락을 할 수 없는 할아버지를 이해할 수가 없어서 교장 선생님은 통탄을 하고 있었다. 좌절감은 깊어만 가고 있었다. 할아버지의 웃는 모습 속에 교장 선생님은 절박한 소용돌이 속으로 떨어져 가고 있었다. 한꺼번에 모든 것을 잃어가고 한꺼번에 모든 것이 파멸로 치닫고 있는 교장 선생님은 두 눈이 뻘겋게 변해가고 있었다. 할머니한테까지 소식을 끊고 있는 할아버지, 그 할아버지에게 그럴 만한 사정이 뭐란 말인가.

"이 노릇을 어쩐다, 어떻게 해야 한단 말인가."

"이 일을 어쩐다?"

교장 선생님의 입에서는 침이 마르고 있었다. 땀도 말랐다. 실없는 소리들이 들리기 시작했다. 계속해서 헛소리들이 들리고 있었다. 교장 선생님은 구름처럼 몰려오는 사람들을 상상하고 있었다. 안녕초등학교에 구름처럼 가득 몰려 있는 사람들을 생각하고 있었다. 그리고 얼마 후 텅 빈 학교와 무대를 생각하고 있었다. 상상도 못했던 일들이 정신없이 떠오르고 있는 교장 선생님은 실신할 것만 같았다. 교장 선생님은 새파랗게 변해가고 있었다. 그리고 새파랗게 질린 얼굴에서는 절박한 헛소리가 사정없이 나오고 있었다.

"이 일을 어쩐다?"

"이 일을 어쩐다?"

교장 선생님은 벌떡 일어나서 운동장을 내려다보고 있었다. 금방이라도 신데렐라가 춤을 출 것만 같은 무대를 물끄러미 보고 있었다. 교장 선생님은 땀에 젖어 있는 두 손에 힘을 꽉 주고 있었다. 교감 선생님과 예쁘게 생긴 미술 선생님이 퇴근을 하기 위해서 들어오고 있었다.

"연락이 없지요?"

교장 선생님의 입에서는 다른 말은 나오지 않고 있었다.

"네, 아직 없습니다."

교감 선생님이 대답했다.

"퇴근들 하세요."

교장 선생님은 퇴근하라는 말을 하고 있으면서 식은땀이 온몸에 흘러내리고 있는 자신을 가누지 못하고 있었다. 그리고 얼음물을 차가워진 가슴속에 붓고 있었다.

서 쪽 에 서
해 뜨는 마을의 비밀
13

시간은 흘러가고 있었다. 교장 선생님을 절망과 암흑 속에 빠트리고 있는 시간은 걷잡을 수없이 흘러가고 있었다. 흐르기만 하는 시간은 교장 선생님을 철저히 외면하고 있었다. 교장 선생님은 공포의 도가니로 변해버리고 있는 예술제의 운명을 움켜쥐고 있어야 했다.

교장 선생님은 수화기를 들었다가 놓았다가 쳐다보기를 수없이 반복하고 있었다. 몇 시가 됐는지, 왜 이래야 하는지, 오직 혼자라는 사실을 뼈저리게 통감하며 적막만이 흐르고 있는 밤을 교장 선생님은 할아버지 소식을 기다리고 있어야 했다. 할아버지로 인해서 이루어진 예술제를 교장 선생님은 움켜쥐고 있어야 했다. 할아버지가 뚜벅뚜벅 걸어 들어오기를 교장 선생님은 간절히 바라고 있어야 했다

"혹시나……."

교장 선생님은 상상할 수 없는 허상에 빨려 들어가고 있었다. 할아버지가 잘못되기라도 한 허상을 떠올리며 머리를 흔들고 있었다.

교장 선생님은 벌떡 일어났다. 그리고 창가로 갔다 외등 불빛에 아름답게 드러난 만국기를 보면서 머리를 흔들었다

그리고 입속에서 나오고 있는 소리와 떠올리고 있는 허상을 지우고 있었다. 비통해진 예술제를 교장 자신의 무력한 몸부림으로 끝을 맺고 싶었다. 그렇지만 할머니에게까지 소식이 끊겼다는 것은 무엇을 의미하는 걸까? 절망일까? 절망……?

교장 선생님은 만국기와 오색의 꽃송이들 그리고 풍선들이 외등 불빛에 비치고 있는 모습이 모두 허상만 같아서 눈을 감았다 이제 날이 밝으면 구름처럼 몰려들어 꽉 차 있을 사람들, 그 사람들을 상상하고 있었다. 그리고 그 사람들의 야유석인 아우성 소리들을 듣고 있었다.

교장 선생님은 다시 의자에 앉았다. 그리고 눈을 감았다. 그러다가 다시 눈을 떴다 그러나 공포는 엄습하고 있었고 공포의 소리들은 머릿속으로 파고들고 있었다.

"작품 보셨어요? 그럼요."

누군지 모르는 사람의 말소리가 들리고 있었다.

"안 보셨나 보다."

누군지 모르는 사람의 말소리가 다시 들리고 있었다.

"할아버지 소식 왔어요? 아직 안 왔어요? 왔는데 시침 떼시는 건 아니지요?"

누군지 모르는 사람의 말소리가 머릿속을 걸어 다니며 어지럽게 헤집고 있었다. 텅 빈 학교 교장실 의자에 교장 선생님은 쓰레기통 속에 버려진 휴지처럼 처박혀서 있어야 했다.

"어머! 교장 선생님! 할아버지와 장난하시는 건 아니시죠? 장난 좋아하시잖아요. 두 분이 똑같이."

"장난이었으면 좋겠습니다."

교장 선생님은 허상과 말하고 있었다.

"무소식이 희소식이라고 하잖아요. 별일 없는 게 분명해요. 소식이 없잖아요."

"아, 그렇군요."

"아무 일도 없을 거예요. 믿으세요."

교장 선생님은 누군지 모르는 하상과 계속해서 말하고 있었다. 생각나는 대로 혼자서 말하기도 하고 있었다.

"따르릉!"

"네, 여보세요!"

교장 선생님은 번개나 다름없었다. 따르릉 소리가 끝나기도 전에 집어 들었다. 그리고 수화기에서 들려오는 말소리를 들었다.

"왜 그러세요? 저예요. 무슨 일이세요? 지금이 몇 신데 학교에 계세요?"

교장 선생님은 벽시계를 쳐다보았다.

"……. 조금 더 살펴볼 게 남아서 그래요."

"아직 살필 게 있어요? 중요해요?"

"내가 없으면 안 돼요. 주무세요. 전화 오래 걸 수 없어요."

"무슨 일인데 이 시간까지 그래요?"

"전화 오래 쓸 수 없어요. 주무세요."

교장 선생님은 말소리가 나오고 있는 수화기를 내려놓고 있었다. 교장 선생님은 침착해지려고 숨을 크게 몰아쉬고 있었다. 운동장을 군데군데 밝히고 있는 외등을 바라보면서 숨을 몰아쉬고 있었다. 기적이 일어나지 않고서는 이제 예술제는 허상에 불과하고 물거품만도 못하게 변하고 있었다. 절망적인 현실만이 다가오고 있었다. 벗어날 수 없는 절망만이 쫓아오고 있을 뿐이었다.

불안과 좌절 속에서 떨칠 수 없는 무력감을 떨쳐보려고 교장 선생님은 사투나 다름없는 갈등과 싸움을 하고 있었다. 다시는 아무것도 안 할 거고 아무도 없는 먼 곳으로 사라져 버릴 것이라고 교장 선생님은 되뇌고 있었다. 그리고 마지막 기도를 하늘을 향해 외치고 있었다. 할아버지가 뚜벅뚜벅 돌아오게 해달라고.

소리 없는 교장 선생님의 외침은 외등이 밝히고 있는 운동장에 무수히 떨어져 쌓여가고 있었다.

"날이 밝는 대로 사표를 써야지. 아니 지금 써야겠다. 어떻게 쓰지? 뭐라고 쓰지? 파면당할 텐데……."

교장 선생님은 눈을 감았다. 감은 눈 속에서 실망하고 있는 학생들을 떠올리고 있었다. 실망에 떨고 있는 학생들을 뒤로 손도 흔들지 못하고 떠나가고 있는 자신을 떠올리고 있었다. 그런가 하면 구름처럼 몰려 있는 사람들이 아우성치는 소리를 듣고 있었다. 어쩔 수 없이 아우성치는 속에서 우두커니 서 있어야 하는 자신을 한없이 부끄러워하고 있었다. 실망, 실망, 실망. 교장 선생님은 학생들의 실망 어린 눈빛에 휩싸여 쓰러지고 있었다.

유리창에서 어른거리는 불빛이 있었다. 교장 선생님은 용수철처럼 뛰었다. 그리고 줄달음질을 쳤다. 불빛이 어른거리고 있는 곳을 향해서 내달리고 있었다. 입속에서는 "강 화백님! 강 화백님!" 하고 소리치고 있었다. 어른거리던 불빛이 멎었고 달려가던 교장 선생님도 멎었다. 어른거리던 불빛에서 여인이 나타났다.

"왜 그러세요? 무슨 일이에요?"

불빛에 드러나고 있는 여인은 부인이었다. 그리고 부인은 교장 선생님에게 묻고 있었다. 그리고 부인은 힘이 없어 쓰러지고 있는 교장 선생님을 부추겨야 했다.

"무슨 일이에요? 무슨 일이에요?"

부인은 비명에 가까운 소리를 내면서 쓰러지고 있는 교장 선생님을 부추기며 교장실로 향했다. 그리고 의자에 교장 선생님을 앉게 했다. 의자에 앉아 있는 교장 선생님의 얼굴은 백지장이었다. 부인은 급히 정수기에서 뜨거운 물을 따라 교장 선생님 입에 대고 있었다.

"잠 안 자고 이 시간에 왜 왔어요?"

교장 선생님은 힘이 없어 떨리는 손으로 물 컵을 쥐면서 말했다.

"안 왔으면 큰일 날 뻔했네. 다 어디 갔어요? 퇴근들 다 했어요? 저녁은요?"

부인은 발을 동동 구르고 있었다.

"저녁은요?"

"먹었어요."

"그런 것 같지 않아요."

교장 선생님은 벽에 걸린 시계를 쳐다보았다.

당직실로 달려간 부인은 아무도 없는 것을 확인하고 차 있는 곳으로 달려갔다. 그리고 준비해온 음식을 가지고 달려왔다.

"당직실에도 사람이 없고 왜 이래요, 학교가?"

"그동안 고생들 했고 날이 밝으면 또 큰 고생을 해야 되잖아요. 그래서 모두 보냈어요."

부인은 부지런히 교장 선생님이 먹을 수 있는 음식을 만들고 있었다.

"뭐지요, 숨기시는 게? 말하시고 음식 드세요."

부인은 음식을 앞에 놓고 교장 선생님의 얼굴에 흐르고 있는 좌절의 그늘을 들여다보면서 말했다.

"허허허, 숨긴 거 없어요."

"드러나고 있어요. 말 안 하셔도 돼요. 어서 좀 드세요."

부인은 죽 그릇을 교장 선생님 앞으로 밀고 있었다. 부인은 죽을 들고 있는 교장 선생님의 창백한 얼굴을 보고 있었다. 전화를 받을 때 목소리와 급히 달려오던 교장 선생님의 모습을 생각하고 있었다. 누군가를 기다리고 있다는 것을 말을 듣지 않아도 알 수 있었다.

"누구세요, 기다리는 사람이?"

부인은 교장 선생님이 말할 때까지 기다릴 수가 없었다. 얼굴빛이 하얗게 되도록 기다리는 사람이 누군지 알아야 했다. 지금 교장 선생님은 심한 충격을 받고 있는 것이 분명했다. 부인은 교장 선생님이 심한 충격으로 인해서 쉽게 말하지 못할 것만 같아서 숨을 몰아쉬면서 기다리고 있었다. 무슨 일이기에 밤을 지새워야 하는지 부인은 초조해지고 있었다.

교장 선생님은 마지못해서 숟가락에 음식을 떠 입에 넣고 있었다. 그런 다음 등받이에 몸을 기댔다.

"이제 가세요."

몸을 편안하게 등받이에 기대고 앉아서 교장 선생님은 부인을 보며 말했다. 부인은 대답을 하지 않았다. 당직실이 비었으니 함께 가자는 말을 못하고 있었다.

"얼마 안 있으면 출근하는 선생이 있을 거예요. 교감 선생님도 일찍 오실 거고."

부인은 대답하지 않았다. 움직이지도 않고 창백한 교장 선생님을 지켜보고 있었다. 전화 목소리에 그리고 화급하게 달려와서 아쉬움에 서려 서 있던 교장 선생님을 부인은 떠올리고 있었다. 그리고 지금의 창백한 모습이 무엇을 말하고 있는지 부인은 느낄 수가 있었다. 무엇이 교장 선생님을 이렇게 힘들게 하고 있는 건가 생각하면서 부인은 눈을 감고 누운 듯이 등받이에 기대고 있는 교장 선생님을 지켜보고 있었다. 예술제를 하려다 보니까 불거지는 일이 한두 가지가 아니겠지만 지금 상황을 보아 사소한 일이 아닌 것만 같아서 부인의 마음은 미어 터질듯이 착잡해지고 있었다. 부인은 교장 선생님이 잠시라도 편안하도록 조용히 앉아 있었다.

"집으로 가세요. 곧 날이 밝아요."

부인은 대답을 하지 않았다. 날이 밝아서 모두 출근을 하여도 집으로 가지 않을 것이다.

멀리서 닭 우는 소리가 또 들려오고 있었다. 교장 선생님과 부인은 닭 울음소리를 들으며 움직이지 않고 있었다. 잠든 듯이 앉아서 용주사 범종 소리도 듣고 있었다. 창유리에 어른거리는 불빛이 있었다. 잠시 후 다시 어린거리는 불빛이 나타나고 있었다. 그리고 기척 소리가 나는 대로 불이 켜지고 있었다. 하나 둘 불이 켜지고 있는 학교는 안개에 휩싸이고 있었다. 부인은 자리에서 일어나 인기척이 가까워지고 있는 복도로 문을 열고 나섰다. 그리고 손을 모으고 머리를 숙이고 있었다.

"사모님이 어쩐 일이십니까? 어이구 죄송합니다. 저희가 있어야 하는 건데."

교감 선생님의 목소리는 교장실로 들어오고 있었다.

"들어가십시오."

부인은 교감 선생님에게 들어가실 것을 권했다. 교장실로 들어서는 교감 선생님을 향해서 교장 선생님은 웃고 있었다. 그리고 다시 복도에서는 "사모님!" 하는 소리가 들리고 있었다. 교장 선생님 교감 선생님 부인 그리고 예쁘게 생긴 미술 선생님은 자리에 앉았다. 그리고 교장 선생님을 향해서 눈빛을 빛내고 있었다.

교장 선생님은 피곤해진 눈까풀을 껌벅거리고 있었다. 아무도 입을 열지 않았고 말을 하려고 하지 않았다. 부인은 자리에서 일어나 찻잔을 준비하고 있었다. 잠시 후 찻잔은 탁상에 놓이고 있었다. 무겁고 피곤해진 눈까풀 속에서 교장 선생님의 눈은 젖어 가고 있었다.

"차 드세요."

교장 선생님과 부인은 차를 들지 않고 있었다. 왜 그랬는지 부인은 교장 선생님에게 차를 권하지 않고 있었다. 교감 선생님은 커피를 가슴속 깊이 흘려 내리고 있었다. 차를 다 마시고 난 교감 선생님과 예쁘게 생긴 미술 선생님은 교무실로 갔다.

"강 화백님 연락이 안 되고 있어요."

부인은 교장 선생님 음성이 입에서 떨어지기가 무섭게 털썩 하는 충격을 받으며 의자에 나뒹굴듯이 주저앉고 있었다.

"3일째 연락이 없어요. 사모님도 모르고요."

부인은 입에서 뭔가가 튀어나오려는 것을 손으로 막고 있었다. 그리고 한순간에 모든 것이 어지러워졌고 흐려졌다. 눈동자가 컴컴해지고 흐려지는 바람에 교장 선생님을 뿌옇게도 볼 수가 없었다.

누군가 들어오고 있어도 뿌열 뿐이었다. 뿌열 뿐인 사람들은 교장 선생님을 보고 난 후 뒤돌아서 갔다. 이제 밤을 밝히던 운동장의 외등이 꺼지고 있었고 안개는 사라져 가고 있었다. 적막을 깨는 소리들이 고막을 뚫으면서 날은 밝아오고 있었다.

교감 선생님은 유치원 선생님을 비롯해서 모든 선생님에게 노래면 노래 춤이면 춤 할 수 있는 학생은 모두 동원할 것을 지시하고 있었다. 선생님들은 숨 가쁘게 움직였다. 선생님들의 손에서는 전화기들이 불붙어 있었다. 유치원생들은 유희 복을 입고 학교로 달려왔다. 피아노가 무대로 옮겨지고 있었다. 북도, 가야금도, 학교에 있는 악기는 모두 무대로 옮겨지고 있었다.

긴장된 시간이 흐르고 있는 학교는 어둠보다도 더 어둡게 변질한 침묵 속에서 바쁘게 움직이고 있었다. 사납게 생긴 여자와 착하게 생긴 여자는 쉼터실에서 머물고 있어야 했다. 치렁거리는 옷을 좋아 하는 음악 선생님은 무대에서 사용할 음반을 찾느라고 분주하게 움직이고 있었다.

선생님에게 호출을 받은 학생들은 급하게 달려오고 있었다. 달려온 학생들은 모두 음악실에서 웅성거리고 있어야 했다. 학생들은 물론이고 선생님들도 입을 열지 않았다. 교감 선생님이 하라고 하면 선생님들은 움직였고 선생님들이 하라고 하면 학생들은 움직일 뿐이었다.

교장 선생님은 부인과 변함없이 의자에 앉아 있었다. 교장 선생님도 입을 열지 않았고 부인도 아무 말을 하지 않고 있었다. 학교는 운동회

날처럼 움직이고 있었으나 말하는 사람은 없었다. 교장 선생님은 종이에 뭔가를 적어 내려가고 있었다.

운동장을 향하고 있는 커다란 시계는 9시를 가리키기 시작했다. 그리고 음악 소리가 울려 퍼지고 있었다. 예술제는 시작되고 있었다. 종이에 뭔가를 적은 교장 선생님은 몇 번을 접어 주머니에 넣었다.

교장 선생님은 호출 단추를 눌렀다. 잠시 후 교감 선생님이 교장실로 들어왔다.

"그분들도 오시라고 하시지요."

교감 선생님은 쉼터실에서 사납게 생긴 여자 그리고 착하게 생긴 여자와 함께 교장실로 들어왔다. 뒤이어 예쁘게 생긴 미술 선생님도 들어왔다.

"전시장은 어떻습니까?"

"준비가 다 됐습니다. 10시에 문을 열면 됩니다."

교장 선생님은 예쁘게 생긴 미술 선생님의 말을 듣고 나서 모두 자리에 앉자고 했다. 짙은 커피를 부인은 선생님마다 앞에 놓고 있었다. 각자 앞에 놓인 찻잔에서는 짙은 커피 향이 피어오르고 있었다.

"자 듭시다. 제가 커피를 짙게 해달라고 부인께 부탁했습니다. 듭시다."

교장 선생님은 찻잔을 들어 한 모금 입에 넣었다.

"강 화백님은 흐트러지지 않는 분입니다. 못 하겠다는 말은 그분 입에서 나오지 않습니다. 다만 제가 지나치게 요구한 것이 과실입니다. 이제 강 화백님께 바라는 건 무사하시기만 바랍니다. 우리는 나름대로 할 도리를 다 했습니다. 수고들 많으셨습니다."

교장 선생님은 말을 마쳤는지 다시 짙은 커피를 마시고 있었다.

교문 밖에서는 밀려오고 있는 차들을 향해서 코가 뾰족하고 입이 뾰족한 롬멜 장군처럼 생긴 할아버지가 군인 모자를 쓰고 군인 옷을 입고 헌병처럼 완장까지 차고서는 양손에 지휘봉을 들고 교통정리를 하고 있었다. 호루라기를 불어대며 정리를 하고 있었다. 길을 따라서 양옆에 세워놓은 깃발들이 펄럭이며 구름처럼 몰려오고 있는 사람들을 반기고 있었다. 치렁거리는 옷을 좋아하는 음악 선생님이 틀고 있는 노래 소리는 고막을 찌르며 울려 퍼지고 있었다.

사람들은 몰려오고 있었다. 시간이 흐를수록 사람들은 구름보다도 더 많이 몰려오고 있었다. 끝도 없이 몰려오고 있는 사람들은 학교를 가득 메우고 있었고 태양은 수많은 사람들의 머리 위에서 찬란하고 눈부시게 비추고 있었다.

군수님을 비롯해서 귀빈석에도 꽉 차고 있었다. 용주사 주지스님은 군수님 오른 편에 앉아 귓속말을 하고 있었다. 우체국장님, 소방서장님, 그리고 여러 학교 교장 선생님들이 모두 의자에 앉았다. 더 이상 사람들이 들어올 수 없도록 학교는 미어지고 있었다. 시간이 갈수록 코가 뾰족하고 입이 뾰족한 롬멜 장군처럼 생긴 할아버지는 친구 할아버지들과 세차게 호루라기를 불어대고 있었다.

교장 선생님은 주머니에 있는 종이를 꺼내어 살펴보고 다시 주머니에 넣었다. 사납게 생긴 여자와 착하게 생긴 여자를 교장 선생님은 잠시 바라보고 있었다. 그리고 함께 서 있는 부인도 보고 있었다.

"피에로 옷을 입으시지요."

"예."

사납게 생긴 여자는 대답했다. 그리고 문밖으로 걸어가고 있는 교장 선생님을 쳐다보았다.

교장 선생님은 이제 무대에 올라 예술제 개막을 하여야 한다. 떨리고 있고 긴장되어 있는 교장 선생님은 무대를 향해서 걷고 있었다. 운동장에 커다란 벽시계가 10시를 가리키면서 교장 선생님은 무대로 오르고 있었다.

마이크 앞에 선 교장 선생님은 운동장을 가득 메우고 있는 사람들을 보고 있었다. 그리고 딱딱하게 굳은 입술을 움직이기 시작했다.

"여러분 이렇게 모두 참석하여 주셔서…… 감사……."

"쾅쾅 따따따 따 쾅 쾅 따따따 따 쾅쾅쾅 쾅……."

교장 선생님은 난데없는 행진곡 소리에 개막 인사를 중단했다. 그리고 행진곡 소리가 울려 퍼지고 있는 교문 밖 먼 곳으로 고개를 돌렸다. 개막 인사를 중단한 채 교문 밖을 향해서 바라보고 있었다. 행진곡 소리가 요란하게 울려오고 있는 교문 밖에서는 함성과 행진곡 나팔소리가 퍼지고 있었다. 사람들은 달려가고 있었다. 군수님도 귀빈석에 앉아 있던 사람들도 모두 자리에서 일어나 교문 밖을 쳐다보고 있었다. 그리고 사람들을 헤치며 교감 선생님이 달려오고 있었다.

서 쪽 에 서
해 뜨는 마을의 비밀
14

"교장 선생님! 화가분이, 화가분이…… 헉헉 헉…… 화가분이 지금
왔어요. 군악대를 몰고."

교장 선생님은 소리 지르고 있는 교감 선생님을 쳐다봤다.

"아니, 아니, 군악대가 아니고요, 고적대요, 고적대."

교장 선생님은 소리 지르고 있는 교감 선생님을 쳐다보다가 구름처럼
움직이고 있는 사람들 속에서 고적대가 오고 있는 것을 발견했다. 교장
선생님은 마이크에 입을 대고 아주 큰 소리로 외치기 시작했다.

"이제 예술제는 시작됩니다. 감사합니다, 여러분."

교장 선생님은 목이 메고 있어서 더 이상 말을 할 수가 없었다. 교장
선생님은 무대에서 미끄러지듯이 달려 내려와 군수님을 비롯해서 많은
귀빈들과 악수를 나누기 시작했다. 일일이 악수를 다 마친 교장 선생님
은 교장실로 달려갔다.

교장실에는 충격에서 벗어나지 못하고 있던 부인을 사납게 생긴 여자
와 착하게 생긴 여자가 위로하고 있다가 행진곡 소리에 벌떡 일어나 창
너머로 밖을 보고 있었다. 그리고 뛰어 들어오고 있는 교장 선생님을

상기된 얼굴로 보고 있었다.

"어서 피에로 옷 입으시죠. 제 것도 주시고요."

교장 선생님과 사납게 생긴 여자 그리고 착하게 생긴 여자는 피에로 옷을 입고 나서 부인을 남겨둔 채 밖으로 달려갔다. 세 사람이 달려간 곳에서는 피에로 옷을 입은 할아버지가 하얀 깃털이 펄럭이는 모자를 쓰고 금빛이 찬란한 지휘봉을 힘차고 당당하게 흔들면서 행진하고 있었다. 눈부신 고적대가 경쾌한 행진곡을 쾅쾅 울리며 지휘봉을 휘두르는 할아버지를 따라 행진하고 있었다.

아름다운 고적대, 그 고적대의 선두에는 할아버지가 지휘봉을 흔들며 행진하고 있었다. 할아버지는 늠름하고 당당하게 걷고 있었다. 고적대를 지휘하며 교문 안으로 들어오기 시작했다. 만국기와 오색 꽃송이들이 뒤덮여 있는 운동장을 향해서 할아버지는 행진하고 있었다.

꿈이었다. 꿈이 아니고는 이루어질 수 없는 광경이 지금 펼쳐지고 있었다. 입을 벌리고 있는 사람들은 하나같이 환호를 지르고 있었다. 멋진 고적대 뒤로는 사람들이 뒤엉켜서 아우성을 치고 있었다. 아우성을 치고 있는 속에서는 김국환 가수가 많은 가수들과 손을 흔들면서 걸어오고 있었다. 꿈이 아니라면 환상일 수밖에 없는 일이 지금 안녕초등학교에서 벌어지고 있었다.

교장 선생님은 할아버지한테로 달려갔다. 그리고 무조건 할아버지한테 소리 질렀다.

"뭐 하세요?"

교장 선생님의 목소리는 할아버지 귀까지 가지를 못하고 있었다. 할아버지는 교장 선생님과 사납게 생긴 여자 그리고 착하게 생긴 여자를 앞에 세우고 행진하기 시작했다. 할아버지는 힘이 들어서 숨이 턱까지 차고 있었다. 군인처럼 씩씩하게 걸으며 지휘봉을 흔들고 있었다.

운동장 안으로 들어서는 고적대는 운동장을 돌기 시작했다. 코가 뾰족하고 입이 뾰족한 롬멜 장군처럼 생긴 할아버지는 고적대가 행진하는 앞에서 길을 트고 있었다. 할아버지는 여전히 힘차게 지휘봉만 움직이고 있었다.

교장 선생님은 할아버지를 향해서 박수를 치기 시작했다. 사납게 생긴 여자도 착하게 생긴 여자도 박수를 치기 시작했다. 이제 운동장 안에 있는 사람들은 모두 박수를 치기 시작했다. 부인도 교장실에서 나오며 흐르던 눈물을 닦으며 박수를 치고 있었다. 예쁘게 생긴 미술 선생님은 전시장에서 박수를 치고 있었다. 예술제에 모인 모든 사람들은 박수를 치고 있었다.

그러자 할아버지는 교장 선생님을 향해서 소리 치고 있었다.

"지금 뭐 하세요?"

할아버지가 소리치자 교장 선생님은 그 소리가 자기도 할아버지처럼 힘차게 행진하자는 말인 줄 알고 빨간 양산을 들고 있는 여자한테로 달려가서 그 양산을 뺏어가지고 지휘봉처럼 움켜쥐고서는 할아버지 옆에서 할아버지와 똑같이 빨간 우산을 아래위로 흔들며 걷기 시작했다.

사람들은 소리를 지르고 있었다. '와!' 하는 함성은 하늘을 찌르고 멀리멀리 퍼지고 있었다. 박수 소리가 물결치며 함성에 파묻혀버린 학교는 예술제 개막을 화려하게 시작하고 있었다.

교장 선생님이 움켜쥔 빨간 우산은 부러지는 소리가 나고 있었다. 교장 선생님과 할아버지가 힘차게 지휘하는 고적대는 운동장을 돌고 있었다. 아름다운 고적대 대원들은 나팔을 불고 북을 치고 첼로를 쳐가면서 춤을 추고 있었다.

얼마 후, 할아버지와 교장 선생님은 박수를 받으며 박수를 치는 사람들을 향해서 지휘봉을 흔들고 있었다. 귀빈석에서 박수를 치고 있는 군수님을 비롯해서 많은 분들 앞에 할아버지는 고개를 숙여 커다란 인사를 하고 있었다.

가수들과 마술사 그리고 안성에서 달려온 외줄타기 할아버지는 고적대와 운동장을 돌고 나서 공연 준비를 하기 시작했다. 마술사들은 차에 싣고 온 짐들을 내리고 있었다. 마술사들은 공연을 할 무대를 학교 무대 옆에 붙여서 넓게 만들기 시작했다.

그런가 하면 김국환 가수 할아버지는 무대에서 '태권V'를 부르기 시작했다. 고적대의 연주에 가수들은 합창을 하고 있었다. 코가 뾰족하고 입이 뾰족한 롬멜 장군처럼 생긴 할아버지가 젊은 사람들과 외줄타기 준비를 하고 있었다. 마술사들은 구름처럼 뒤엉켜 있는 사람들 속에서 마술을 하고 있었다.

할아버지는 사납게 생긴 여자와 착하게 생긴 여자하고 전시장으로 향했다. 교장 선생님은 이제 귀빈석에서 피에로 옷을 입은 채 앉아 있었다. 치렁치렁하게 늘어지는 옷을 좋아하는 음악 선생님은 마이크를 잡고 가수들과 어울려 노래도 하고 사회를 보고 있었다.

전시장에 도착한 할아버지는 문 앞에서 걸음을 멈췄다. 전시장 안에는 스님들이 가득 서서 그림을 관람하고 있었다. 그런가 하면 예쁘게 생긴 미술 선생님은 할아버지 할머니들에게 열심히 그림 설명을 하고 있는 것을 보면서 걸음을 멈추고 있었다. 사납게 생긴 여자와 착하게 생긴 여자와 할아버지는 예쁘게 생긴 미술 선생님이 그림 설명을 하는 것을 보면서 미소를 짓고 있었다. 지팡이를 짚은 할머니들 그리고 젊은 사람들 학생들이 어울려 다니며 그림을 보고 있었다.

할아버지를 발견한 예쁘게 생긴 미술 선생님이 달려왔다. 할아버지는 예쁘게 생긴 미술 선생님의 손을 꼭 잡아 주고 있었다. 피에로 옷을 입은 할아버지 그리고 사납게 생긴 여자 착하게 생긴 여자는 학생들이 쳐다보자 손을 흔들어 주고 있었다. 할아버지는 예쁘게 생긴 미술 선생님과 함께 천천히 걸으며 전시장을 둘러보고 있었다.

"제가 그림을 그리기 시작한 이후 처음으로 잘했다고 생각합니다."

할아버지는 예쁘게 생긴 미술 선생님에게 조용한 목소리로 말하고 있었다.

"이 할망구, 그림 잘 그려서. 시집가는 바람에 화가가 못 됐어."

지팡이를 한 손으로 짚고 있는 할머니가 옆에 서 있는 할머니를 가리키며 할아버지한테 말하고 있었다. 다른 할머니들도 모두 고개를 끄떡이고 있었다.

"아, 그러시군요! 지금도 그리세요?"

"지금은 안 그려."

지팡이를 짚고 있는 할머니가 또 말했다.

"네, 지금도 그리시면 좋으실 텐데. 그리세요. 취미 삼아서 그리시면 재미있고 건강에도 좋으세요."

할아버지 말에 그림을 그렸다는 할머니는 고개를 젓고 있었다. 할아버지는 더 이야기를 주고받고 싶었지만 그럴 만한 시간이 없어서 부득이 섭섭한 인사를 하고 있었다.

"그 상자 어디 있어요?"

할아버지는 예쁘게 생긴 미술 선생님에게 묻고 있었다.

"조용한 곳에 있어요."

할아버지는 사납게 생긴 여자와 착하게 생긴 여자에게 전시장에 잠시 남아 있어 달라고 하고 예쁘게 생긴 미술 선생님과 상자가 있는 곳으로 갔다. 상자는 비품을 두고 있는 창고 창가에 놓여 있었다. 할아버지는 상자를 보자 반가움에 달려가서 끌어안으며 쓰다듬었다. 상자 안에는 두 눈을 초롱초롱 뜨고 있는 참새가 할아버지를 보고 파드득거리고 있었다. 할아버지는 상자를 가만히 내려놓았다. 그리고 상자를 쓰다듬고 또 쓰다듬었다.

"잘 있었니? 참새야."

할아버지는 참새에게 속삭여 주고 있었다.

"축제가 끝나는 대로 보내 줄게. 조금만 더 참으면 돼, 참새야. 참새야!"

할아버지는 어린 아기에게 말하듯이 참새에게 속삭이고 있었다.

참새에게 말을 하고 있던 할아버지는 숙연해지고 있었다. 할아버지가 쓸쓸하고 숙연하게 서 있는 것을 보고 있던 예쁘게 생긴 미술 선생님이 가만히 상자 위에 손을 얹고 있었다. 그동안 할아버지가 힘겨운 일을 하는 바람에 쓸쓸하고 숙연해지고 있는 것으로 알고 예쁘게 생긴 미술 선생님은 마음속으로 위로하고 있었다.

많은 마술사들과 가수들, 고적대를 앞세우고 당당히 돌아온 할아버지를 예쁘게 생긴 미술 선생님은 마음속으로 고마워하며 위로하고 있었다. 예쁘게 생긴 미술 선생님은 할아버지를 존경하는 눈으로 살며시 보고 있었다.

"고생이 많았죠? 준비하시느라고."

할아버지는 예쁘게 생긴 미술 선생님에게 짧지만 깊은 격려를 하고 있었다. 할아버지와 예쁘게 생긴 미술 선생님은 밖으로 나왔다. 그러자 교장 선생님과 부인 그리고 할머니가 할아버지가 있는 곳으로 오고 있었다.

할아버지는 할머니를 보면서 미소를 짓고 있었다. 할머니는 미소를 짓고 있는 할아버지를 물끄러미 보고 있었다. 할아버지 얼굴을 물끄러미 쳐다보고 있었다. 할머니는 할아버지가 잘못되는 바람에 소식이 없었던 것으로만 알고 있었기 때문에 미소를 짓고 서 있는 할아버지를 물끄러미 쳐다보고 있었다. 그러던 할머니는 눈 녹듯이 쓰러지고 있었다. 쓰러지고 있는 할머니를 부인과 예쁘게 생긴 미술 선생님이 급히 부축하고 있었다.

"뭐 좀 드셨어요?"

할머니 입에서는 들릴까 말까 하는 소리가 나오고 있었다. 부축을 받으며 서 있는 할머니 얼굴에서는 기쁨이 물처럼 흐르고 있었다.

교장 선생님은 부인을 할아버지에게 인사드리게 했다. 할아버지도 부인에게 크게 허리를 굽히고 인사를 하였다.

서 쪽 에 서
해 뜨는 마을의 비밀
15

금방이라도 털썩 주저앉을 것만 같은 할머니를 쳐다보면서 할아버지는 말했다.

"어디서 좀 쉽시다. 전시장으로 갑시다. 거기도 의자가 있어요."

모두 전시장으로 향했다. 전시장에는 아직도 스님들과 할머니 할아버지들이 관람하고 있었다. 예쁘게 생긴 미술 선생님은 의자에 할머니를 앉게 하고는 따듯한 차를 달콤하게 설탕을 넣은 다음 할머니에게 드렸다.

할아버지는 말했다.

"이제 우리도 준비합시다."

교장 선생님과 사납게 생긴 여자 그리고 착하게 생긴 여자를 보면서 말했다. 할아버지는 서두르며 다시 말했다.

"두 분은 마술사들이 하라는 대로만 하세요. 다 말이 되어 있습니다."

"연습을 하나도 안 했는데 어떻게 하면 돼요?"

"마술사들이 시키는 것만 하시면 됩니다. 절대 걱정하지 마세요."

말을 마친 할아버지는 급하게 복도를 빠져나가고 있었다. 그리고 무대를 향해서 걸어갔다.

"여기서 도와주시는 겁니다. 무대가 완성되면 식사를 하고 곧바로 마술이 시작됩니다."

"아무것도 모르는데 어떻게 해요?"

사납게 생긴 여자가 말했다.

"마술사들이 가르쳐 드립니다. 어떻게 하라고 가르쳐 드릴 겁니다. 시키는 것만 하시고 시키는 것이 없을 때는 옆에서 서 계시기만 하시면 됩니다. 아셨죠?"

"어떡해."

사납게 생긴 여자와 착하게 생긴 여자는 떨면서 소리 지르고 있었다. 그러자 무대를 만들고 있던 마술사들이 쳐다보면서 말들을 하고 있었다.

"말씀하셨던 분들이시군요. 반갑습니다! 이제 저희들을 도와주세요. 이리로 오세요."

사납게 생긴 여자와 착하게 생긴 여자는 마술사를 따라가며 할아버지를 몇 번이고 쳐다보았다.

마술사들은 열심히 무대를 만들고 있었다. 가수들은 노래를 하고 있었고 무희들은 춤을 추고 있었다. 고적대들은 쉬지 않고 연주를 하고 있었다. 외줄타기를 할 때는 가수들은 노래를 멈추고 있었다. 외줄타기가 끝나면 다시 가수들은 노래를 하고 무희들은 춤을 추고 있었고, 예술제는 숨 돌릴 새 없이 펼쳐지고 있었다. 구름처럼 많은 사람들은 계속되는 구경거리에 혼이 나가고 있었다. 예술제는 불구덩이가 되어 활활 타오르고 있었다.

마술 무대가 완성되어 가고 있었다. 커다랗고 검은 천이 무대를 가리고 있었다. 그 검은 천은 무대 앞과 옆, 그리고 뒤에도 가리고 있었다. 무대가 다 완성이 됐을 때 치렁거리는 옷을 좋아하는 음악 선생님은 관중들을 향해서 점심시간을 알리고 있었다. 그러자 운동장을 물론이고 장미꽃이 만발한 화단이며 학교 복도 심지어는 무대에서까지 사람들은 장만해온 음식을 먹기 시작했다.

할아버지와 교장 생님은 마술사들 그리고 김국환과 가수들 군수님을 비롯해서 모두 함께 식당으로 향했다. 식당에서는 선생님들이 학부모님들과 함께 앞치마를 두르고 열심히 일들을 하고 있었다. 사납게 생긴 여자와 착하게 생긴 여자는 벌써 마술사들과 어울려 할아버지 있는 곳은 오지도 않고 있었다. 할아버지와 교장 선생님은 군수님과 경찰서장님 그리고 소방서 우체국 국장님 그리고 용주사 스님들과 어울려 식사를 하고 있었다. 그리고 가수들 마술사들 아름다운 고적대가 모두 함께 앉아서 식사를 하고 있었다.

"교장 선생님이 사르르 사라지신다면서요? 어디로 가시는 겁니까? 저와 함께 갑시다."

군수님이 앞에 앉아 식사를 하고 있는 교장 선생님에게 말했다. 군수님 말을 들은 사람들은 모두 웃고 있었다. 할아버지도 웃고 난 다음에 군수님을 향해서 입을 열었다.

"순서 마지막에 하게 됩니다. 그 때문에 마술 무대도 따로 꾸몄습니다. 아니면 새로 꾸미지 않아도 됐는데 무엇보다 군수님을 비롯해서 기관장님들이 이렇게 참석하여 주서서 보람이고 영광스럽습니다. 감사드립니다."

"지금 이 예술제가 어떤 겁니까? 화성군에 유래 없는 예술제 일입니다. 이런 경사에 기관장들이 앞장서서 참석해야 하지요 군민생활에 이보다 더한 기쁨이 어디 있습니까? 수고 하시는 여러분들에게 감사하고 있습니다."

"감사합니다."

교장 선생님이 말했다.

식사가 끝나고 상이 물리자 이제는 구수한 찻잔을 들고 있었다.

운동장에서는 방송국에서 촬영을 하고 있었다. 방송국 사람들은 치렁거리는 옷을 좋아하는 음악 선생님을 잡고 왜 연락을 안했느냐고 따지면서 촬영하고 있었다.

점심시간 내내 무대에서는 새벽부터 불려와야 했던 학생들이 치렁거리는 옷을 좋아하는 음악 선생님의 피아노 반주에 노래를 부르고 춤을 추고 있었다. 유치원생들의 토끼놀이 춤을 끝으로 무대에서는 마술이 시작되고 있었다. 용머리 탈을 쓴 마술사가 불을 뿜어대기 시작했다. 한참 불을 뿜어내던 마술사가 무대 뒤로 들어가고 뒤이어 붉은 공 하얀 공, 파란 공을 던지고 감추고 다시 나타나는 공놀이 마술을 하는 여자들이 나타났다.

여자 마술사들이 하늘로 던진 공을 잡으면 공은 사라지고 다시 손을 들면 공이 나타나고 서로 던지고 받으면서 한참 동안 공놀이 마술을 하고 있었다. 혼이 나간 듯이 바라보고 있는 사람들, 그 사람들을 향해서 사납게 생긴 여자와 착하게 생긴 여자는 마술사들이 마술을 할 때마다 박수를 쳐가면서 마술사들이 하는 대로 열심히 마술사들을 도와주고 있었다.

고적대와 가수들도 이제는 마술을 구경하고 있었다. 구름처럼 모인 사람들은 무아지경으로 빠져들어 가고 있었다. 아가씨가 들어가 있는 상자에 시퍼런 칼을 번쩍거리다가 여기저기 마구 찔러 넣고 나서 마술사는 무대를 돌며 춤을 추고 있었다. 춤을 추고 있는 마술사를 따라서 사납게 생긴 여자와 착하게 생긴 여자도 춤을 추고 있었다. 시퍼런 칼날을 상자에 마구 찔러 넣고 춤을 추며 웃고 있는 마술사. 그 마술사가 하는 대로 피에로 옷을 입은 사납게 생긴 여자와 착하게 생긴 여자는 손을 잡고 춤을 추고 있었다.

마술사는 칼을 마구 찌른 것도 모자라 마술 상자를 빙글빙글 돌리고 있었다. 마술사는 칼을 뽑기 시작했다. 칼을 뽑는 대로 사납게 생긴 여자와 착하게 생긴 여자는 칼을 받아들고 있었다. 이윽고 마술사는 상자의 문을 열고 상자 안에서 아가씨 손을 잡고 끌어내고 있었다. 상자 안에서 나온 아가씨는 멋들어지게 인사를 하고 무대 뒤로 사라졌다.

한 가지 마술이 끝나고 또 한 가지 마술이 끝나고 다음 마술 다음 마술들이 수도 없이 이어지면서 이제 할아버지가 마술을 할 순서가 되고 있었다. 할아버지가 무대에 오르자 고적대들이 북을 치고 나팔을 불어댔다. 할아버지는 사납게 생긴 여자와 착하게 생긴 여자와 나란히 서서 구름처럼 모여 있는 사람들을 향해서 박수를 받으며 인사를 했다. 인사를 하고 난 할아버지는 사납게 생긴 여자와 착하게 생긴 여자와 마술사들처럼 무대를 춤을 추듯이 몇 바퀴 돌고나서 마술 상자를 가져 오라고 했다. 사납게 생긴 여자와 착하게 생긴 여자는 무대 뒤에서 참새가 들어있는 마술 상자를 무겁기라도 한 듯이 마주 들고 와서는 조심조심 탁상 위에 올려놓았다.

할아버지는 까만 보자기를 덮어쓰고 있는 마술 상자 앞에 가서 섰다. 마술 상자 앞에 선 할아버지는 주문을 외우기 시작했다.

"수리수리 마술수리 참새수리 마술수리 참새수리 돌막수리 수리수리 마술수리."

두 손을 높이 들고 주문을 다 외운 할아버지는 입을 상자 위에다가 대고 후후 하고 소리 내면서 불고 나서 한쪽 귀를 상자에 대고 있었다. 사납게 생긴 여자와 착하게 생긴 여자는 할아버지가 왜 그러나 하고 다가가서 쳐다보고 있었다.

그러자 할아버지가 말했다.

"지금 통화 중입니다. 마술 귀신쌋나락하고."

사람들은 모두 소리 내며 웃고 말았다.

할아버지는 사납게 생긴 여자와 착하게 생긴 여자가 웃음을 그치자 상자를 덮고 있는 까만 보자기 위에서 두 손을 이리저리 휘젓다가 밀가루 반죽을 하듯이 한참 주물럭거리고 있었다. 그러자 이번에도 사납게 생긴 여자와 착하게 생긴 여자는 왜 그러나 하고 가깝게 가서 보고 있었다.

"반죽이 제대로 되어야 빵 맛이 좋듯이 이래야 마술 맛이 좋은 법입니다."

사람들은 다시 소리를 지르며 웃고 있었다.

반죽을 다 한 할아버지는 까만 보자기를 살짝 들고 안을 들여다보다가 도로 보자기를 놓고서는 사람들을 향해서 '하' 하고 웃고 있었다.

"반죽이 제대로 됐습니다."

사람들은 다시 소리 지르며 웃고 있었다. 사람들은 할아버지가 이상한 짓을 할 때마다 소리를 지르며 웃고 있었다. 이제 할아버지는 사납게 생긴 여자와 착하게 생긴 여자를 마술 상자 양쪽에 세웠다. 그러고 나서 까만 보자기를 살며시 잡고 나서 확 벗기고 있었다. 보자기를 젖힌 상자 안에는 참새가 있었다. 할아버지는 참새를 보고 군인처럼 거수경례를 멋들어지게 하고 있었다.

"열중쉬어! 차렷!"

사납게 생긴 여자와 착하게 생긴 여자는 할아버지가 시키는 대로 하기만 하면 된다고 했기 때문에 할아버지가 구령하는 대로 열중쉬어! 했다가 다시 차렷! 하고 서 있었다. 그리고 다시 까만 보자기를 덮었다. 까만 보자기를 덮은 상자를 할아버지와 사납게 생긴 여자 그리고 착하게 생긴 여자는 빙글빙글 돌고 있었다.

사납게 생긴 여자와 착하게 생긴 여자는 할아버지가 상자 앞에 멈추자 차렷! 하고 서 있었다. 할아버지는 까만 보자기를 다시 젖히려고 두 팔을 쫙 벌리고 나서 천천히 보자기를 들기 시작했다. 살살, 살살 보자기를 들던 할아버지는 확! 하고 벗겼다. 상자 안에는 돌막이 놓여 있었다. 관중들은 '와!' 하고 소리를 질렀다.

유치원 아이들은 자리에서 일어나며 할아버지에게 박수를 치고 있었다. 할아버지가 말한 대로 상자 안에는 정말로 돌이 놓여 있었다. 유치원 아이들은 박수를 치며 소리를 지르다가 다시 조용해졌다. 할아버지가 말한 대로 이제 돌멩이가 참새로 변하는 것을 보려고 조용히 상자를 보고 있었다.

할아버지는 상자에 보자기를 덮었다. 그리고 할아버지는 상자를 세 바퀴 돌았다. 상자를 돌고 난 할아버지는 이제 다시 보자기를 벗기려고 손을 보자기에 대고 있었다. 유치원 아이들은 숨을 죽이고 쳐다보고 있었다.

할아버지는 살살, 살살 보자기를 들기 시작했다. 그리고 다시 '확!' 하고 보자기를 벗겼다.

"와!"

유치원 아이들은 소리를 지르며 구르고 있었다. 상자에는 할아버지가 말한 대로 참새가 있었다. 참새는 파드득거리고 있었다.

할아버지는 두 팔을 옆으로 쫙 벌리고 나서 종이비행기처럼 무대를 돌고 있었다. 앵앵 하는 소리를 하면서 마술 상자를 돌고 또 돌고 또 돌고 있었다. 유치원 아이들은 떼굴떼굴 구르며 비명을 지르고 있었다. 엉금엉금 기어서 할아버지한테 가는 아이도 있었다.

그런데 이상한 일이 일어나고 있었다. 차렷! 하고 서 있던 사납게 생긴 여자가 갑자기 다른 마술사가 마술을 할 때 사용하는 주전자를 들고 오다가 주저앉아 있었다. 사납게 생긴 여자는 주전자 손잡이를 꼭 잡고서 주저앉아 있었다.

할아버지는 주전자를 가져오란 말을 안 했는데 사납게 생긴 여자가 주전자를 가지고 오다가 주저앉아 있는 바람에 무슨 일인가 하고 사납게 생긴 여자에게로 갔다. 주전자 손잡이를 꼭 쥐고 앉아 있는 사납게 생긴 여자는 코를 골고 있었다. 할아버지는 가만히 사납게 생긴 여자 얼굴을 들여다보았다. 사납게 생긴 여자는 잠을 자고 있었다. 주전자 손잡이를 두 손으로 꼭 쥔 체 주저앉아서 잠을 자고 있었다. 착하게 생긴 여자가 이게 웬일인가 하고 사납게 생긴 여자를 흔들었지만 소용이 없었다.

할아버지는 가만히 일어나서 사람들을 향해서 수염도 없는 얼굴을 수염이 있는 것처럼 만지면서 엄숙한 얼굴로 말하고 있었다.

"잠들었어요, 이 판국에."

할아버지 말을 듣고 난 사람들은 목이 터져라 소리 지르며 웃고 있었다. 마술을 하다 말고 잠이 들었으니 이런 일이 있을 수 있느냐고 소리들을 지르며 웃고 난리를 치고 있었다. 착하게 생긴 여자는 사납게 생긴 여자를 업으려다가 넘어지고 다시 업으려다가 넘어지고 있었다. 관중들은 모두 터져 나오는 웃음을 참지 못하고 있었다. 착하게 생긴 여자는 사납게 생긴 여자를 어떻게 던지 깨워 보려고 쩔쩔매고 있었다. 구경을 하던 사람 중에는 웃지 않고 있는 사람은 단 한 사람도 없었다. 웃고 또 웃고 또 웃고 있었다.

할아버지 소식을 기다리느라고 사납게 생긴 여자는 그동안 잠을 못 잤다. 착하게 생긴 여자도 교장 선생님도 할머니도 잠을 한 번도 못 자고 할아버지를 기다리고 있었다.

할아버지는 마술 상자를 무대 뒤 조용한 곳에다가 놓았다. 날이 어두워지고 있어서 다음 날 날려 보내 주려고 조용한 곳에 놓고 까만 천으로 폭 덮어 놓았다.

쾅쾅! 쾅! 쾅! 고적대의 힘찬 연주 소리가 울려 퍼지고 있었다.

캄캄한 무대.

피에로 옷에 고깔모자를 쓰고 있는 사람들이 왔다 갔다 하고 있었다. 할아버지, 교장 선생님, 사납게 생긴 여자, 그리고 착하게 생긴 여자가 왔다 갔다 하고 있었다. 피에로 옷이 불빛을 받아 반짝거리고 있었다.

컴컴한 무대에 밝은 불빛이 물결처럼 흐르며 비추고 있는 속에서 아라비아 옷을 입은 마술사가 나타났다. 아라비아 모자와 아라비아 옷을 입고 가느다랗고 긴 하얀 막대를 들고 있는 마술사는 커다란 상자를 빙글빙글 돌면서 무대를 돌아다니고 있었다. 아라비아 옷을 입은 마술사는 한참 커다란 상자를 돌기만 했다.

한참 동안 커다란 상자를 돌기만 하던 아라비아 옷을 입은 마술사는 사납게 생긴 여자에게 상자를 가리키며 붉은 문을 열라고 가느다랗고 긴 하얀 막대로 가리키고 있었다. 사납게 생긴 여자는 두 팔을 옆으로 들고 사뿐사뿐 상자 앞으로 걸어가서는 불빛에 반짝이고 있는 붉은 문을 살며시 열었다.

붉은 문을 열자 아라비아 옷을 입은 마술사는 가느다랗고 긴 하얀 막대로 상자 안을 아래서 위로 옆에서 옆으로 돌리면서 상자 안에는 아무것도 없다는 것을 확인하고 나서 교장 선생님을 상자 안으로 들어가라고 했다. 교장 선생님은 아라비아 옷을 입은 마술사가 하라는 대로 상자 안으로 들어갔다.

교장 선생님이 상자 안으로 들어가자 아라비아 옷을 입은 마술사는 사납게 생긴 여자에게 문을 닫으라고 했다. 붉은 문이 닫히자 아라비아 옷을 입은 마술사는 열쇠를 가지고 아래위를 잠갔다. 그런 다음 착하게 생긴 여자하고 굵고 긴 사슬로 상자를 둘둘 감아 묶기 시작했다. 이제 교장 선생님은 상자 안에 갇히고 말았다. 상자 문은 열쇠로 잠겼고 굵은 쇠사슬로 꽁꽁 동여매지기까지 한 상자는 교장 선생님을 가두고 말았다.

아라비아 옷을 입은 마술사는 굵은 쇠사슬을 잡더니 빙글빙글 돌기 시작했다. 한 바퀴, 두 바퀴, 세 바퀴, 쇠사슬을 잡고 돌던 아라비아 옷

179

을 입은 마술사는 사납게 생긴 여자가 들고 있는 붉은 천으로 상자를 덮으라고 했다. 사납게 생긴 여자와 착하게 생긴 여자는 아라비아 옷을 입은 마술사가 시키는 대로 붉은 천으로 상자를 덮었다.

그러자 아라비아 옷을 입은 마술사는 할아버지와 사납게 생긴 여자 그리고 착하게 생긴 여자와 함께 상자를 돌기 시작했다. 관중들에게 손을 흔들면서 상자를 돌고 있었다. 그러다가 갑자기 마술사가 가느다랗고 긴 하얀 막대를 높이 들면서 고함을 쳤다. '꽝!' 소리가 나면서 상자에서 하얀 연기가 나오고 있었고 하얀 연기는 무대에 퍼지고 있었다.

하얀 연기가 자욱하게 퍼진 속에서 아라비아 옷을 입은 마술사는 가느다랗고 긴 하얀 막대를 들어 사납게 생긴 여자와 착하게 생긴 여자에게 굵은 쇠사슬을 풀고 열쇠를 열라고 하였다. 사납게 생긴 여자와 착하게 생긴 여자는 굵은 쇠사슬을 풀고 열쇠를 열고 상자의 문을 열었다.

그런데 상자 안에는 교장 선생님이 없었다. 아무것도 없었다. 피에로 옷을 입은 교장 선생님이 들어간 후 문을 잠그고 굵은 쇠사슬로 꽁꽁 묶기까지 하였는데 교장 선생님은 없었다. 상자 안은 텅 비었다.

마술사는 텅 빈 상자 안을 가느다랗고 긴 하얀 막대로 휘저으며 아무것도 없다는 것을 확인하여 주고 있었다. 아라비아 옷을 입은 마술사는 상자를 가느다랗고 긴 하얀 막대로 딱딱 딱 치며 돌고 있었다.

교장 선생님은 상자에 없다. '꽝!' 소리와 함께 하얀 연기처럼 교장 선생님은 사라졌다 .관중들은 모두 텅 빈 상자를 쳐다보기만 했다. 아무 소리 못 하고 교장 선생님이 사라진 빈 상자만 보고 있었다.

아라비아 옷을 입은 마술사와 할아버지, 그리고 사납게 생긴 여자와 착하게 생긴 여자는 춤을 추듯이 손을 흔들어 가며 무대를 돌고 있었다. 그렇게 무대를 돌기만 하던 마술사가 갑자기 가느다랗고 긴 하얀 막대를 번쩍 쳐들면서 학교 2층 불이 환하게 켜져 있는 교장 선생님 사무실을 가리키고 있었다.

긴 막대가 가리키고 있는 곳에서는 피에로 옷을 입은 교장 선생님이 두 손을 들어 관중들을 향해서 흔들고 있었다. 유리창 밖으로 몸을 내밀고 손을 흔들고 있었다. 그 광경을 보고 있는 사람들은 소리를 질렀다. '와!' 하고 소리를 지르며 교장 선생님을 향해서 모두 손을 흔들었다.

이제까지 조용히 앉아서 구경을 하던 고적대가 북을 치고 나팔을 불며 김국환 할아버지 가수가 부르는 고향의 봄, 노래를 연주하기 시작했다. 관중들도 모두 노래를 따라 부르기 시작했다. 교장 선생님이 마이크를 잡고 노래를 따라 하다가 구름처럼 많은 관중을 향해서 연설을 하기 시작했다.

"감사합니다! 여러분. 감사합니다, 여러분. 안녕히 가십시오. 이것으로 축제는 끝을 맺습니다. 안녕히 돌아가십시오. 안녕히 돌아가십시오. 감사합니다, 감사합니다."

불빛이 피에로 옷에서 반짝이고 있는 교장 선생님은 감격에 겨운 작별 인사를 하고 있었다. 감격에 벅차 있는 사람은 교장 선생님만이 아니었다. 할아버지, 사납게 생긴 여자, 그리고 착하게 생긴 여자, 예쁘게 생긴 미술 선생님을 비롯해서 모든 선생님들 그리고 학교에 가득하기만 하던 관중들 모두였다 선생님들은 무대에서 운동장에서 교문 밖에서 돌아가고 있는 관중들을 향해서 감격스러운 작별의 손을 높이 들어 흔들고 있었다. 구름처럼 빠져나가고 있는 사람들도 선생님들은 향해서 손을 흔들고 있었다. 두 손을 높이 들어 흔들고 있었다.

코가 뾰족하고 입이 뾰족한 롬멜 장군처럼 생긴 할아버지는 친구 할아버지들과 함께 교통정리를 하고 있었다. 사람들과 움직이고 있는 차들을 향해서 호루라기를 불어대고 있었다.

사람들이 빠져나가는 교문 앞에서 할아버지와 교장 선생님 그리고 교감 선생님, 사납게 생긴 여자와 착하게 생긴 여자는 돌아가고 있는 마술사들과 가수들에게 일일이 악수를 하며 손을 흔들며 작별을 하고 있었다.

그리고 할아버지는 오산여자고등하교 고적대가 탄 버스를 두드리며 잘 가라고 손을 흔들고 또 흔들며 버스가 멀리 갈 때까지 두 손을 흔들고 있었다. 중계를 하던 수원방송국 차도 학교에서 떠나갔다. 군수님도 갔고, 교육장님도 갔고, 스님들도 모두 갔다.

할아버지는 모두 떠난 텅 빈 운동장에 서 있었다. 텅 빈 무대를 보다가 텅 빈 운동장을 보고 있었다. 교장 선생님이 운동장에 할아버지가 있는 것을 보고 왔다. 아무 일 없었던 듯이 서로 마주 보기도 하고 텅 빈 운동장을 보기도 했다.

"어떻게 하신 겁니까?"

할아버지는 묻고 있는 교장 선생님을 쳐다보았다.

"비밀입니다."

"아…… 하하하하하 하하."

외등이 하나 둘 꺼지고 있는 운동장에서 교장 선생님은 목이 터지라고 웃고 있었다. 할머니와 부인은 어깨를 마주대고 할아버지와 교장 선생님을 보면서 웃고 서 있었다. 사납게 생긴 여자와 착하게 생긴 여자도 웃고 있었다.

아침 햇살이 눈부신 마당에서 할아버지는 참새가 들어 있는 마술 상
자를 가슴에 안고 태양이 솟고 있는 하늘을 향해 서 있었다. 옥빛 바다
같이 푸른 하늘에 태양이 떠오르는 것을 보면서 할아버지는 상자의 문
을 열었다.

떠오르는 태양을 바라보면서 할아버지는 참새를 두 손으로 폭 싸서
안았다. 할아버지가 폭 싸고 있는 속에서 손가락 사이로 머리를 내놓고
참새는 가만히 있었다. 할아버지는 참새 머리에 입을 댔다. 입을 머리에
대고 참새 냄새를 맡고 있었다. 한참 동안 참새 머리에 입을 대고 냄새
를 맡고 있었다. 그리고 한 손으로 참새를 잡고 한 손으로는 참새의 머
리를 쓰다듬었다.

"참새야 고맙다. 이제 할아버지와 작별을 해야 한다. 할아버지가 놓
아줄 테니 멀리 가지 말고 항상 할아버지 집에서 살자. 멀리 가지 말고
할아버지 집에서 살자. 참새야! 알았지? 알았지?"

할아버지는 몇 번이고 참새에게 멀리 가지 말라고 말하고 있었다. 할
아버지는 차츰차츰 손가락을 벌리며 옥빛 하늘에 태양 빛이 찬란한 하
늘을 향해서 참새를 높이 날렸다.

"잘 가라. 잘 가거라, 참새야. 참새야."

할아버지는 멀리 날아가고 있는 참새를 향해서 오래도록 서글퍼진
마음으로 서 있었다. 참새가 날아간 하늘을 할아버지는 오래오래 바라
보며 서글퍼 하고 있었다. 문 앞에서 할머니와 기태, 지원이, 그리고 선
하가 할아버지처럼 하늘을 바라보고 있었다.

할아버지는 마술 상자를 화실에다가 두었다. 그리고 할아버지는 기태와 지원이를 유치원에 태워다주고 왔다.

"할아버지!"

선하가 차에서 내리는 할아버지한테 소리를 질렀다. 그런 선하를 보면서 할아버지는 다음과 같은 말을 했다.

"이제 참새는 다시 오지 않는다. 돌이 되지도 않고 돌이 새가 되지 않는다."

"다 알아요. 할아버지가 참새를 잡아서 돌로 바꾸어 놓은 거요."

할아버지는 선하를 보면서 머리를 만져주었다.

할아버지는 닭장으로 가서 참새가 들어가지 못하게 처놓은 촘촘한 망을 뜯어내기 시작했다. 촘촘한 망을 모두 뜯어냈다. 그리고 모이통에 사료를 하나 가득 담아 놓았다. 철철 넘치도록 사료를 가득히 담아 놓았다. 물그릇에 물도 가득 담아 놓았다. 참새가 마음대로 드나들며 먹을 수 있도록 할아버지는 사료를 가득히 담아 놓았다.

참새들은 닭장을 아무 때나 드나들면서 배가 부르도록 사료를 먹고 있었다. 사료를 배불리 먹은 참새들은 은행나무에서 그리고 빨랫줄에서, 마당 아무 데서나 재잘거리고 있었다. 언제든지 마음대로 사료를 먹고 참새들은 할아버지 집에서 살고 있었다. 나무마다 새들이 앉아서 놀고 있었고 재잘거리는 소리는 귀가 아프도록 시끄러웠다.

참새가 살고 있는 할아버지 집. 흰둥이들과 닭, 오리 거위 칠면조가 참새와 함께 살고 있는 할아버지 집.

선하는 그릇에 사료를 담아 마당에다 놓았고 물도 놓아 주었다. 할아버지가 빙긋이 웃으며 차를 몰고 나갔다. 흰둥이들이 할아버지 차를 향해서 짖고 있었다.

오산 장터 사료 가게 앞에서 할아버지는 차를 멈췄다.

"안녕하세요? 할아버지."

사료 가게 아주머니가 인사를 해도 할아버지는 대답을 하지 않고 사료만 들어다가 차에 실었다. 한 포, 또 한 포 그리고 또 한 포. 할아버지는 사료를 실었다.

"며칠 전에 사 가셨는데 그새 다 먹였어요? 병아리 또 사셨어요? 사료는 그때그때 자주 사서 먹여야 돼요. 아니면 곰팡이 나요. 곰팡이 나면 안 먹어요."

사료 가게 아주머니가 무슨 말을 하든 할아버지는 말을 하지 않았다. 지갑에서 돈을 꺼내서 아주머니한테 주고 나서 할아버지는 차를 몰고 가기 시작했다. 사료 가게 아주머니는 아무 말도 하지 않고 가고 있는 할아버지 차를 보면서 빙긋이 웃었다. 그리고 혼잣말을 하고 있었다.

"병아리들 때문에 단단히 화나셨나 보다. 그림을 그리시다가 망치셨나?"

서쪽 하늘을 붉게 물들이고 있는 태양은 할아버지를 따라가고 있었다.